# 二度寝とは、遠くにありて想うもの　目次

# I　となりの乗客の生活

講談社文庫

# 二度寝とは、遠くにありて想うもの

津村記久子

講談社

## II 現代のことばについて考える

## III 溺れる乗客は藁をもつかむ

## Ⅳ　素人展覧会（第一期）

# Ⅴ　ソチとブラジル、その鑑賞と苦悩

二度寝とは、遠くにありて想うもの

# Ⅰ　となりの乗客の生活

# 布団への限りない敬愛

これまでもその兆候があったのだが、ついに布団に話しかけるようになってしまった。

いや、今まで布団には感謝してきたのだった。布団はすばらしい。近頃の酷薄な寒さにまみれて、毎日泣きそうになりながら会社から帰ってきても、中に入って少し時間が経《た》つと、一定の暖かさを提供してくれる。それも電源なしで。かぶるだけで。四年ぐらい前からずっと言っているのだが、布団のすごさとは、電気、ガス、石油等は不要なまま、人間の体温のフィードバックのみで暖かくしてくれるということで、昨今のエネルギー事情を考えると、やっぱりもう布団というものは、抜きん出て素敵な人間の発明であると断言せざるを得ない。

というような考えが、やがて敬意にまで高められ、ついに布団に「本当にいつもありがとうございます」と言ってしまった。違和感はなかった。わたしが今現在最も感謝の念を抱いているものは布団であるので。

その後はもう、芋づる式である。「ああもう帰ってきたよー」「今日もいやなことがいっぱいあったけどなんとか帰ってきたよー」「くそさびー」「この後も起きて仕事（文章を書くほう）だけど今はとにかく寝てるよー」「ありがとうさんよー」「もうここから出たくないー」「ふーとーん」「ふーとーん」。ひとしきり感謝を述べた後は、かならず布団コールで締める。その後も唸っているうちに眠り込んでしまう。はたから見るとどれだけ物悲しく異常に見えるのか、少し知りたい気もしますね、と一応正気のふりをして人に自分の性癖を語ってみたりもするが、本当はそんなことはどうでもいい。布団への敬愛に、そんなちっぽけな物差しは不要である。

とにかく自分はおかしいな、という以外に、なんの発見もない告白だが、布団を崇《あが》め奉ることを自らに解放することによって、わたしは以前より少し幸福になったのだった。遠回しにお勧めする。

# でこ毛

人間の体は、いろいろなところから発毛していて、成長著しかったり、なかなかだったりで当事者を密《ひそ》かに悩ませている。髪の毛は、その中でも素直な性質のものだと思う。切らない限りは伸び続けるし、人間の外見に個性を添えるという意味で、あるならある、ないならないで重要なものである。正直言って、髪の毛以外の毛は不可解だ。鼻毛と眉毛の役目は理解できるものの、他のところは、そこから生えてくる意味があるのか。無駄毛のことを考えるたびに、人間の体の合理性を疑う。そして、だから自分もそんなに合理的でなくて良いのだ、と態《てい》の良い言い訳に使っている。

そんな無駄毛事情だが、つい先日、髪の毛だと信じていたものが、実は産毛のようなものかもしれないという裏切りが判明した。額の生え際から、不思議な伸びない毛が生えているのである。前髪だと思って、伸びるのをずっと待っていたのだが、約五センチ以上は伸びない。妙に硬く、しかも重力に逆らう性質を持っていて、ときどきまっすぐに上に立っている。ひどい日には、あれ？　頭の形が変わった？　というぐらい、前髪の下で主張するし、とにかく腹立たしい毛なのだが、伸びるのを気長に待っていた。それでも伸びないので、ある日ふと調べたら、それは髪の毛ではないのではないか、という記事を発見した。

　生活が不規則な女性に生えやすい、伸びない毛なのだそうだ。会社員と文筆業の二重就業には、さまざまな弊害があると思っていたけれどこんな変な毛まで生えてくるとは。怒りのあまり、ある日剃《そ》ってやったら、頭の形が変わった？　ということはなくなり、なんとか安らかに暮らせるようになった。

　額の毛は、剃っても本当にすぐに生えてくる。眉毛なんかの比ではない速さである。毛が生えたての額は坊主頭のような手触りで、自分が局部的に野球部員になったような気がする。なんなのだろう。「疲れ毛」と呼ばわると悲しいので、「頑張り毛」とでも言えばいいのだろうか。

# 没タイトル拾遺

エッセイ集を出版できるそうなのだが、そのタイトルをどうしよう、という話を今詰めている。だいたい二つぐらいから決めるところまできたので一安心なのだが、他のタイトルが駄目すぎる、ということでもあるのかもしれない。没になったものは、「チャーハン定食の食べ方」「帰りの電車で隣の客がしゃべり始める」「わたし以外の人は皆仲がいい」などである。三つ目が特にひどい。

「チャーハン定食の食べ方」は、行きつけの王将の定食が明らかに自分には多すぎるのだが、メニューを見るとどうしても食べたくなってしまい、気が付いたら、体調や食べるものの量を調整してチャーハン定食を食べに行く、という本末転倒なことをしている、という内容を、エッセイ集の担当編集者さんに書き送ると、先方も、自分の場合は、朝を食べて昼を抜き、夜ギリギリまでお腹を空かせて挑めば完食はできるだろう、というようなことを真剣に返信してきた、という様子が非常に味わい深かったので案を出した。意外と「自分ならば」という意見を持つ人が多そうな話ではあるので、そういう人たちを老若男女二十人ぐらい会議室に呼んで語り合いたいものだと思う。

「帰りの電車で隣の客がしゃべり始める」は、自分の小説がどう受け取られたいのかという願望を明文化したものである。「隣の客」は、その人自身に話しかけてきてもいいし、べつの連れに話しているのでもいい。わたしが持っているおもしろい話の半分は電車か飲食店の盗み聞きで得たものだ。そのぐらい、公の場で他人が不意に始める話のいくつかは興味深い。そしてまとわりついてこず、いい頃合に離れる感触を持っている。自分の小説もそのように受け取っていただければいいのだが、どうなのだろう。

「わたし以外の人は皆仲がいい」の暴言ぶりに関しては、何も言うことはない。実は四月からも、朝日新聞さんでエッセイを書かせていただけることになっているのだが、そのタイトル欄をこれにしようか、でもひどいか、本当にそう思ってるんだけど、と迷い続けて、担当さんに返信をしていない。大変申し訳ない。

# 気安い顔の災難

この欄のタイトルである「となりの乗客」とはわたしのことである。方々で、自分が国籍を問わず道を尋ねられる、「道訊《き》かれ顔」業界における三十四年の老舗であることはよく書いているのだが、妙齢以降の女性限定の「話しかけられ顔」でもある。

新幹線では、姉のところに行ってきたという女性から「新大阪《しんおおさか》はまあまあ住みやすい」などの情報を受け取り、新横浜《しんよこはま》の恋人に会いに行くという東南アジア系の女性からアメをもらい、「眠いけど、眠れない」というような話をして、百貨店の地下のフードコートでは、七十六歳のおばあさんから「男は絵画教室で探せ」と諭《さと》される。道訊かれ体験では、阪神《はんしん》百貨店と阪神電鉄の駅が隣接する角で、ラテン系の女性に道を訊かれ、地元で終電に近い電車で帰ってきた後に自転車を発進しようとしていると、英語がたどたどしい白人女性から「ボウリング場はどこですか？」と尋ねられる。

英語をしゃべる人にも、英語をしゃべる中国か台湾《たいわん》の人にも、とにかく道を訊かれる。カメラのシャッターを押してと言われる。普段、話しかけられない人からしたら、そんなやついるのかという様子だろうし、話しかけられる人からしたら、まだまだ甘いわね、とあしらわれるかもしれない。そのぐらい、道を訊かれやすい人間、話しかけられやすい人間とそうでない人の間に横たわる断絶は大きい。困ったこともある。京福《けいふく》電鉄に乗っているときに、隣のおばあさんに話しかけられ、ついそれにのってしまったら、近くにいた乗客の女性のスカートが短いと悪口を言い出された。おばあさんは、友人とわたしの間に座っていたのだが、友人は、ただ笑いをこらえながら、自分が話しかけられたのではないことにほっとしていた。

夢は、世界中の人に自分の顔写真を見せて、「この人に道を訊きたいですか？」と尋ねてもらうことだ。そして「訊きたい」という人がもっとも多かった土地に旅行し、逆にこちらから道を尋ねたい。

# 子供の精度　大人の高さ

春の夕方に自転車に乗ると、いつも思いのほか気持ちが良くて、予定していたよりも遠くまで行ってしまう。この連休の半ばの日に、大阪市内から、隣の堺市《さかい》までなんとなく走っていった。大和川《やまと》という大きな川を越えるので、なにか遠いイメージがあったのだが、あれよという間に目的地だった南海《なんかい》本線の堺駅に着いてしまい、駅で大きな観光マップをもらって眺《なが》めているうちに、もう少し遠くまで行ってみたくなった。とりあえず、南海高野《こうや》線の堺東の駅に行ってみようと思った。堺東駅は、小学校に入るまでのわたしの、電車の最寄り駅だった。

堺から堺東までも、またすぐに行けてしまった。五月はとても夕方が長い気がする。そこから引き返しても良かったのだけれども、まだもう少し進めそうだったので、五歳までの記憶を頼りに、小さい頃に住んでいた家の近くまで行くことにした。

たどり着く自信はあまりなかったのだけれども、バスでよく往来していたはずの通りを行くと、驚くほど、いろいろな風景が思い出されるものと一致していて、小さい頃に見ていたものの心への定着はばかにできない、と感心した。

昔住んでいた家は、まだ残っていた。ぜんぜん知らない人が住んでいるようだったが、隣近所の表札には、覚えている通りの名字が記されていて、息を呑《の》む思いをした。不思議だったのは、小さい頃には自分の家がとても大きなように思えて、今もその大きさを、ローンさえ払えていれば、などと惜しんだりもするぐらいなのに、いざ実物を見てみると、記憶の中の半分ほどの大きさしかなかったことだ。何十年もだまし絵を見つめていたような感覚に、わたしは、自分しか立っていない住宅地の真ん中で笑ってしまった。風景はかなり正確に覚えているのに、物の大小に関しては、とても主観に満ちている。改めて、子供から大人へ、物事の感じ方が変わることの楽しさを感じた。

# 牛の好きな歌

雑念まみれなのだった。特に会社での仕事中がひどく、将来の心配と、最近よく食べているアボカドの効能と、そういうことはナサニエル・ホーソーン（「そういうことはなさそう」と言いたい）というようなくだらない駄洒落《だじゃれ》で、頭の中がぐじゃぐじゃになっている状態でとても辛《つら》い。調べると、雑念と戦うには瞑想《めいそう》が良い、と知り、本を買って読んでみた。

瞑想の本では、どんどん考えを繰り出す頭を、言うことを聞かなくなってゆく牛に例えて説明していた。要するに、頭の中の牛の、ああしたいかも、こうしたいかも、という欲を客観的に制するのが瞑想という行為になるようだ。

ここからが本題である。頭の中で回ってしょうがない歌というものがある。好き嫌いではなく、ただもう回り続けて思考を遮《さえぎ》るたぐいの。それはその人の好きな歌ではなく、頭の中の牛の好きな歌なのではないかとはたと思い至った。

ちなみに、わたしの頭の中で回っている歌は、サントワマミー、ボサノヴァ風、ヴァン・ヘイレン風、キユーピーのCM風と手を替え品を替えながら、一貫してあるスポーツ選手のおしりが大きいという内容を歌ったものである。実は別にそうでもないということが判明した後も、その歌が頭の中で回っている。もう二年になる。事実でさえなく、従ってなんの意味もない。ただ、歌が回っている間は、頭の牛はおとなしくしている。心配もしない、食事の効能を確かめて安心しようともしない、駄洒落も言わない。

いろいろな人が頭の中に牛を飼っている。それぞれの牛の好きな歌を採集し、情報を共有し合えば、一人分の歌を回している時よりも長時間牛をおとなしくしておけるのではないかと思う。「頭の中で回る」という被害を逆に、「余計なことを考えなくていい」という方向に転換する。「ベスト・オブ・牛」。アルバム化されればすぐ購入する。

# 自分を動かす難しさ

先月は雑念との闘いについて書いたのだが、今月は「意志」である。思想信条を貫く意志、困難な仕事をやり遂げる意志、世の中にはいろんな意志があるんだが、そういった「意志」然としたもの以外にも、意志力は使われているのではないかと思う。

たとえば、わたしの日常生活で強力に意志の力が使われるべき場面は、送られてきた書類に印鑑を押して送り返す、メールの返信をする、出した本を元の場所に戻す、などである。一見負荷が軽そうに思われるこれらだが、すべて、わたしにとって簡単にはできないことで、かなり自分に言い聞かせてこなしている。毎日夜中に起き出して文章を書いたりだとか、洗濯をしたりだとか、氷を作るためにこまめに水を補充したりだとかは、そこそこ自然にできるのに。

最近は、寝ることにもしかしたら意志が必要なのかもしれないと思うようになってきた。とにかく気が散りやすいため、寝る前には、枕元の本をあれこれ読んだり、メモを見返したりして数時間が経ってしまう。新幹線で東京〜大阪間を行き来する機会もけっこうあり、あの空間では、自分はうまく読書はできないし、ただもう寝るしかないと了解していながらも、何かやることを探してしまう。仕方がないので、先日の上京の帰りには、「意志だ」と言い聞かせながら目をつむっていた。寝られているか寝られていないかはもはやどうでもよく、「寝ようとしている」ことを遂行していることが大事、というなんだか深刻な状態に陥った。一応眠れはしたと思う。

きっと「意志」は有限なのだ。わたしは、録画した番組のCMカットや、道でもらった消費者金融のティッシュを互いちがいに折りたたんで専用のケースに詰めることに意志を濫費《らんぴ》しすぎているがために、さあ眠ろうという時に、突然わがままになり、時間を使い過ぎてしまうのかもしれない。自分は自分でありながら他人のようなものである。そこには、他人以上の扱いの難しさが横たわっているような気がしてならない。

## 幸せになれないということ

パワハラと言うと、ちょっと現代的で荷が軽くなる感じもするのだが、要するにわたしは職場いじめに遭ったことがある。上司が、わたしの仕事の私的な部分にまで侵入してきて、操作を試み、何をやっても気に入らないと怒鳴り散らす。周囲は保身のためにか見ないふりだ。ただ、そのパワハラ主は、最終的にはわたしに逃げられているわけで、根こそぎの侵入も操作もできなかったということになる。「逃げられる」とわかった時のそういう人たちの怒りたるやすごい。地の果てまで追いかけてきて、背中に食らいつきたいと欲しているかのようだった。

さてこの図式において「必要としている」側はどちらか。パワハラ主である。パワハラをする人は、パワハラをする相手を必要とし、依存している。一方、パワハラをされる人は、パワハラをする人なんかまったく必要としていない。ある種の歪《ゆが》んだ片思いである。

同じように、いじめをする人は何よりもいじめる相手に依存している。自分自身だけで満足できる（自足）ことを探す能力がなく、常に他人を必要とするわりに、他人に対して不自由なほど神経質である。「気に入らないこと」への感度ばかりが鋭く、それをどう動かすかに執着している。また、「どうにもならないこと」への耐性も低く、他人に当たることでしかそれをやり過ごせない。

いじめをすることから脱せない人は、ろくな人生を送れない、と断じるのではない。ずるく立ち回ってうまくやる人だっているだろう。ただ、ろくな人生を送っても、心底は満足できない。自足できないとはそういうことだ。どれだけ幸福を供給されても、トイレに流してしまう。頭には、「不愉快」を察知するアンテナがありえない感度で立ち上がっている。周囲の人を無為に傷つけ、満たされることは永遠になく、壊れたラジオのように「気に入らないこと」を受信し続ける。死ぬまで。これをおそらくは不幸という。

## 世界の人を見る機会

五輪をおもしろいと思って観《み》始めたのは、中学三年のバルセロナからだ。「コビー」というキャラクターが超でたらめながらかわいらしく、NHKでやっていた短いアニメを観た後に塾に行くのが日課だった。

夜中にテレビをつけることは許されていなかったので、ラジオで、谷口《たにぐち》さんが転んだとか、森下《もりした》さんが黄《ファン》さんとすごく競《せ》っているとか、「モンジュイックの丘」だとかいう内容を聴いていた。男子マラソンである。

わたしは、特にイベントごとに敏感ということはないし、スポーツ観戦をおもしろいと思い始めたのもだいぶ遅かったのだが、世界中のいろんな人の姿を一度に確認するため、という理由で、五輪だけは観ることにしていた。あまり記憶にない大会でも、開会式は必ず録画して観ていたと思う。社会科の資料を集めるような感覚であった。

特に女の人を見るのが素晴らしい。男の人もおもしろいのだけれど、バリエーションの豊かさではどうしても女の人になるだろう。お化粧をしている人もしていない人も、髪の長い人も短い人も、髪に花をつけている人も黄色いリボンを巻いている人も、ある一つの地点に向かって、何年も蓄積した真剣さを解き放つ。その地点の前では、どんな装いであっても平等である。それでも装う姿に、とても純粋な個性の在り方を感じる。そして、人間の剥《む》き出しの姿とは、人生を告白することでも裸になることでもなく、真剣に戦っている姿なのだということを理解するのである。世界中の人のそういう姿をいっせいに見るイベントが、わたしにとっての五輪なのだった。

そこで感じたものを持ち帰って、今度は自分が真面目になる番なのだが、やはり早くも二年後や四年後のことを考えてそわそわしている。それまで知らなかった女の人たちが全力で躍動する姿には、その長いそわそわに値して余りある価値がある。

# 黄色くて小さい先生

調理時間やお茶の浸出時間を計るために利用するのはもちろん、作業時間の管理にも使用しているキッチンタイマーは、わたしの生活における物々の中でも、もっとも「友」という言葉に相応《ふさわ》しいものかもしれない。スマートフォンの器用さに対して、時間を計ることしかできない寡黙な友である。音が鳴るけれども。

そんなキッチンタイマーを、今度はジップ付きの袋に入れて風呂に持ち込むことになった。浴槽につかっている時間を延ばすためである。それも、三分タイマーを掛けてじっとしている、とかでは、まだかまだかとそわそわしてしまうので、ストップウォッチ機能で時間を数えてもらい、もういやだとなると経過を見て、もう少しつかろう、だとか、もうやめよう、などと判断する。わたしは、体を洗うのはやぶさかではないが、お湯の中に入っていることに簡単に飽きてしまう人間なのだった。子供が風呂につかる時に、親が「百まで数えなさい」と言い付けるのは、今考えるともっともなことで、落ち着きのない子供は、刺激のない風呂につかるという行為に退屈しがちなのだろうと思う。わたしは今もその子供の頃の感覚を保持しているようで、よほど深い考え事をしている時ぐらいしか、ゆっくり風呂に入らない生活をしていた。それが年を取って、「風呂につかるのは退屈でしんどいけど、つからないともっと辛い」ということがわかってきて、「でも数えるのも面倒」という状態に陥り、キッチンタイマーに頼ることになった。

自分の中にはまだ、ありえない早さで退屈する、じっとしていることができない子供が生きている、と最近よく思う。料理の鍋はやたらにかきまぜるし、仕事は五分でいやになるし、風呂にもちゃんとつかれない。そう思うと、キッチンタイマーが「友」どころかサリバン先生のようにも思えてきた。「落ち着いて、目の前のことに集中しなさい」と黄色い四角形のサリバン先生は、毎日わたしを諭す。

# 新幹線の下手な乗り方

世の中には、新幹線に乗ることが得意な人と不得意な人がいるはずだ。他の長距離を移動するのりもの、飛行機や船やバスにももちろん言えることだろうけれども、わたしにとって身近なのは、なんといっても新幹線なのだった。数えたことはないが、最低でも年に五、六回は新幹線で上京していると思う。小説家になる前は考えられなかったことで、とてもありがたい。しかし最近、自分はもしかして、新幹線に乗ることが下手なのではないのか、とも思えてきた。

とにかく余裕を持って到着できるように出発前の予定を組むのだが、どうしても家を出るのがぎりぎりになってしまう。理由はわかっている。乗車中の約二時間半を重く捉えすぎて、あれもこれもと用意しているうちに遅くなってしまうのである。

わたしはたぶん、約二時間半の空白に大きな夢を見ている。自宅で懇意にしているテレビやパソコン（携帯しないのだ）や布団のない、しかし居心地が良くないわけではない居場所に。でも本は読めるし、ならばできるだけ読みたい、しかし持ち込んだ本に飽きてしまったら予備がいるな、読書に飽きたら単語の一つでも覚えるために参考書だ、などと考えながら用意をしているうちに、荷物はどんどん増えてゆく。出発は遅れ、席に着いた時には焦りでぐったりして、読書どころではなくなっている。

新幹線で、わたしはなぜか二つの存在に引き裂かれるような感覚を味わう。なめらかに走る車両の中で、悠々と読書し、教養を高め、思案に耽《ふけ》る自分と、「とにかく座れた……」と思いながら、急いで買ったおにぎりやお茶を腹に収め、東京での仕事に気を揉《も》んで読書どころではなく、かといって、明るかったり周囲がざわざわしていたりするので眠るどころではない自分と。最近は、イヤホンで雨の音を聴きながら、上着をすっぽり頭から被《かぶ》り、遠目にはずだ袋のようになって寝ている。これはこれで進歩かもしれない。

# 故郷は地下鉄

いろいろな事情が重なって、今年（二〇一二年）の六月末で会社を辞めたため、今は自宅だけで仕事をしている。もっと読書をしたいとか、勉強をしたいとか、健康な生活をしたいとか、いろいろな夢はあったのだが、ほとんど達成はできていない。とりあえず、ずっと自炊はしているので、野菜をたくさん食べられるようになったことぐらいか。

月曜日から金曜日の昼と夜中に作業をして、土曜日は休むか、友達と遊びに行く。日曜は、必要に応じて平日にこなしきれなかった分の仕事をする。会社には行かなくなったものの、一緒に仕事をしている人たちは出版社の会社員なわけで、結局それに合わせてカレンダー通りに仕事をしている。なので今も、祝日があるとうれしく感じるのが、我が事ながら不思議に思う。自分のやるべきことが残っていても、そう感じるのだ。それは、会社員だった頃に、家に帰ってやらなければいけない作業があったとしても、やはり休日は休日としてうれしかったことに似ている。

毎日毎日地下鉄に乗って行き帰りをしていたため、家とスーパーとの行き来だけの生活が、なんだか、地下鉄に乗る機会と機会の間に挟まれて、まるで長い一日のように思えるのも変な感じだ。作業自体はしているので、休んでいるというわけではないのだが、なんだかずっとそわそわしている。わたしはもっと地下鉄に乗るべき人間なのに、乗っていない、と感じるのである。自宅待機を命じられ、持ち帰り作業をやっている会社員みたいな感覚なのかもしれない。

なので地下鉄に乗ると、なぜかほっとするのである。自分がいるべき場所にいるような、ちゃんとした人間になったような気持ちになる。通勤が好きなわけでは決してなかったのに。家が主な仕事場になってしまった今、わたしの心の故郷は地下鉄なのかもしれない。いい仕事の日も悪い仕事の日も、一人前の顔をして乗っていた、懐かしい地下鉄。

# 普通の日々のために

わたしだけかもしれないが、年が明けてから数日はなぜか気まずい。二日とかはまだいいのだけれども、三日、四日にもなると、いったい年末年始に自分は何をしていたんだろうという後悔に駆られる。一日はわかる。初詣に行った。年末はどうだったか。三十一日もわかる。掃除をし、年始の食材やおやつを買いに行った。で、その二日以外は？　となるとしどろもどろだ。忘年会がいくつかと、合間に年賀状を書いたこと、他は、ぼんやりしていた、としか言い表しようがない。年始になると、掃除も年賀状もない分もっとひどい。そして、休みの最後の日には、ゴールデンウィークが待ち遠しい、と強く思う。そうでなくても二月の連休、いや、一月の成人式のある週の連休を迎える頃になって欲しくなる。その時の休みの方が、きっとしっかり満喫できるだろうから。

ばつが悪いのかもしれない。年が明けたけれども、あまり何も変わっていない自分自身に対して。また、年が変わったというめでたい事実は事実として、それを良いものにするのは結局自分自身だから、その内実にまだ取り掛からないことにも、軽い焦燥のようなものを覚える。作業に揉まれている時は、休みたい休みたい、と悲痛な顔をしているくせにである。早く、今年というものの手応えを知りたいのだろう。

「今週は、今年に入って初めて五日間会社に行く週やわ」と、一月の四週目の月曜に会社の先輩が言っていて、はっとしたことがある。どうして祝日のある週ではなく、ない週を意識するのか。そして「やってけるかな」と続けられて、わたしはやっと先輩の不安と裏腹の安堵《あんど》のようなものを理解した。年末年始の特別な日々を抜けて、普通の日々の負荷がやってくる。それに耐えながら生活を軌道に乗せ、人は次のおめでたい日を迎える準備をしている。先輩の言葉を思い出して、そのすべてのおめでたくない日のかけがえのなさを知る。今年もなんとかやっていけますように。

# お菓子の経験値

なんかまた最近いちだんと目が悪くなったなあ、という気がする。いつも右側を向いて寝ているせいか、右脚の付け根が痛かったり、頭に押し潰されて右耳が痛くなったりもする。以前はこんなことはなかった。少し前の体の変化の自覚としては、温かいものを飲む習慣がなかったため、冬でも氷を入れたジュースとかを飲んで、寒い寒いと言いつつ平気だったのに、今は「冷え」というものの存在を知り、盛んに温かい紅茶ばかり飲んでいる、というのがあるのだけれども、寝ている方向のせいで耳が痛いとか、えーそのぐらいなんとかしてよ、と体に言いたくなる。でも、パソコンやレコーダーが古くなるように体も古くなるので、仕方がない。

なんだかこう書くと悪いことばっかりだけれども、一つだけ、もしかしたら自分にとって都合が良くなっているのではという部分がある。味覚だ。いや、わたしね、ワインの何年物と何年物の違いがわかるようになったんですよ、とかいうのではなくて、スーパーのお菓子を無性においしいと思うようになってきたのだ。以前は、会社帰りに紅茶屋をめぐって文章の作業をしながら、仕事をしているんだから、ということで、まあまあな価格のケーキなどをいただき、それを仕事のモチベーションにもしていたのだが、今は、自分が小さい頃によく食べていたような、セールのお菓子をうまうまと食べながら仕事をしている。淹《い》れたての紅茶なんかがあると踊る。年齢と共に報酬のハードルが下がり、結果的に、国産のメーカーお菓子のレベルの高さに気付いて、食費のお財布も少しあったまり、一挙両得という状況を作り出しているのだ。

今までさんざんお菓子を食べてきたので、どの味でいくらだとお得だということがわかるようになってきたとも言える。寝相で耳が痛くなるようになっても、食べたお菓子の蓄積は残るのである。体は馬鹿にできない。

# 横暴な小説係

マルチタスクという言葉が世の中に行き渡るようになって久しいけれども、自分自身の実態には程遠い身の処し方である。いや、テレビをつけながら、傍らに読みかけの文庫本を置き、上の空でスマートフォンを眺めつつ、晩ごはんは何にしようか、と考えているようなことはたくさんある。そういうことをやたらしてしまうために、わたしは、自分が同時にいろんなことをやるとすべての物事の達成率が著しく下がってしまっていることを熟知している。なので以前、自分しか見ないメモ帳には、分別のある自分が「スマホを見るときはテレビを消すように」と書いていた。守ったり、守らなかったりだ。

一日のうちに、いろいろな自分が出没しては退場していく。家事をしている自分、風呂で休んでいる自分、テレビを見たり本を読んだりと娯楽に接している自分、そして仕事をしている自分など。それぞれに淡々とがんばっているが、中にはひどいやつもいる。

わたしがいちばん持て余しているのは「小説を書く係の自分」である。それを職業にしているのに身も蓋《ふた》もない情けない話なのだが、本当にこいつは扱いにくい。ゲラ(校正紙)を見る係は心配性なので一日のノルマを越えて仕事をしたりもするし、書評係などは、真面目すぎて気の毒なぐらい考え込む時がある。随筆係は、ぐずぐずしたところはあるが、そんなに時間帯や備品のコンディションは問わない。が、小説係は「まずお茶とお菓子だ」などと要求し、真夜中でないと仕事はしないとわがままである。しかもすぐに気が散って、動物の画像を検索したがる。そして落ち込みやすい。「文筆課の他の係を見習えよ」とわたしは思う。しかし、この係を中心に結成された文筆課なので、今更組織図から外すわけにもいかない。

ダメな社内ベンチャーのようなものである。今日もわたしは、小説係のためにお茶を作り、お菓子を調達し、「とにかく書かないと出来不出来はわからないよ」と励ます。

# 左手の威力

わたしはメモをよくとるけれども、それは自分が頭の中で考えたこととか、体験したことや見聞きしたことへの所感に限られていて、実は「これは忘れないように」という次にすべき行動について書き記すことがほとんどない。いや、会社に通っていた頃は、パソコンの周りや、デスクに接していた壁にべたべた貼っていたのだが、今は部屋の真ん中で仕事をしていて、仕事に使っているパソコンもノートパソコンなものだから枠が狭く、ほとんど何も貼れないようになっている。机の上にメモ帳を置いたらすむことなのだが、書類の下にいつも埋まっていて、肝心な時に目に入ることがない。だからどこか目立つ行動用のメモを設置したいのだけれども、これがなかなかうまくいかない。

行動用のメモは、よく見る場所に目に対して平行に設置するのが望ましいし、字も大きく、はっきりしている方がいい、ならばどこに貼るのか、どの紙に、どのペンで書くのか、などとこだわり始めたらきりがないところがある。もう考えるのがいやになって、メガネのレンズにホワイトボードマーカーで書き込んでやろうかとすら思った。ゴミ出しについて。

悩みすぎたので、原点に戻ることにした。よもやここまでしなくてもいいだろう、と変なプライドがあって、今まで絶対にやらなかった「手に書く」という禁じ手をやってみたのだった。しかも手のひらじゃなくて、左手の甲の、親指と人差し指の付け根の部分である。絶対に見えるし、違和感もすごかった。はたしてわたしは、長い間果たせなかった「人に本を返す」「洗濯板を買う」「資源ゴミを出す」の三つを、五日のうちにやり遂げた。手メモ、こんなに偉大だったのか……。

今も左手にはうっすらと「明日資源ゴミ」という字が残っている。次は何を覚えていようか。頼りにしているぞ左手。でもこれも駄目になってきたら次は本当にメガネに用事を書くかも。

# 無意味な日の贅沢

会社をやめて文筆業のフリーランスの人になってから十ヵ月ぐらいになるのだけれど、まだ世の中の平日ルールに慣れない感じがする。先日も、京都の博物館に取材の仕事に行こうとして、建物の正面玄関で休館日と知る、というまぬけをやってしまった。ゴールデンウィーク前半が終わった直後の、四月三十日（火）に博物館を訪ねると、「月曜日休館　＊祝日は開館、翌日休館」とのことだった。うひっ、といったんは笑ったのち、阪急電鉄の烏丸《からすま》駅に引き揚げながら、（この不注意な自分にそんな複雑なことが）わかるわけないやろー！　とむらむらと怒りがこみ上げてきた。よく確認もせず、連休明けやったらすいてるやろか、とその日に行ったくせに、ずいぶん勝手である。案の定、サイトをちゃんと見ると、親切にもカレンダーが掲載されていて、しっかり休館日である旨が記されていた。京都と自宅との往復時間は、だいたい四時間である。四時間の、何という無駄か。

がっかりしながら特急に乗って、大阪へ戻った。大学の頃は、梅田《うめだ》～烏丸間を特急で通っていたのだが、その帰路とまったく同じような感じで、半端な時間に、半端な気持ちで帰った。最初の方こそ、自己嫌悪で何もかもいやになっていたのだが、ずっと昔によく見ていた線路際の民家や道路などを眺めているうちに、妙にひらたい、足が地上から浮かび上がるような気持ちになっていた。何をするでもない、意味もない、純粋な時間の無駄という感じがしたのだった。それは、眠ることすら明日のためであるということを理解した大人になってから、ずいぶん持てなくなっていた時間だった。

　梅田に戻ったら、妙に心が洗われていて、ふらふらと学生時代によく寄った洋食屋に入った。久しぶりに食べたスパゲティは、記憶の中のものよりまずくなっていた。変な日だったと思う。ただ、休んだという実感だけが妙に残った。

# メガネの恩人

メガネが好きだ。意識するとフレームが見えてわずらわしいとか、ずーっと掛けていると耳が痛くなることもある、などの弊害を自覚した上で、やはりメガネが好きだ。その理由には、掛け外しの手軽さや、雨や花粉から目を守ってくれるという実用的なものもあるけれども、やはりいちばんは、メガネを掛けると一瞬で顔が変わることにある。フレーム一つで、物柔らかにも、間抜けにも、きびきびしているようにも、きつそうにも見える。メガネには「かつらをかぶる」に匹敵する、顔の印象を変える強引な力があると思う。なのでどうにもコンタクトレンズで視力を矯正しようという気にならず、手元にはメガネが増えていく。

よく行っていたメガネ屋さんが閉店した。あるブランドの中の一部門としてのメガネ屋さんで、デザインも価格も自分の都合に合うものが多く、個人的にメガネといえばそこだった。閉店なので全品三割引です、という報を受けた時は、あまりに悲しくて、買い支えられなかった自分にも責任があるのだから、この期に及んでそんな得をしてはいけない、と店に行くのを自粛していた。しかし、閉店の日が近付くとやはり耐えられずに行ってしまった。二日連続で。メガネを一つずつ買った。

わたしの細かい注文にもかかわらず、店員さんたちはいつもと変わらず良くしてくれ、最後までわたしが買ったメガネを気に掛けてくれたので、改めて彼らの職業意識に敬意を抱いた。末永く使ってくださいと言われると、なんだか本当にしゅんとした。買い支えられなくてすみません、という言葉が伝わったのかどうかはわからない。店員さんたちはずっと、わたしのメガネの調整の作業をしているか、書類を書いているか、微笑《ほほえ》んでいるかだったので。

もっと良い客でありたかった、と今は思う。店員さんたちの次のキャリアでの充足と安定を切に願う。

# スモール・リセット

会社をやめ、フリーランスになって一年が経過したわけだが、未《いま》だに自転車置き場を定期で借りていないことを不安に思う。よく使う駅から少し遠いところに家があるため、どうしても自転車に乗ってしまうのだが、今日は一時駐輪場に空きがあるだろうかと毎回怯《おび》えている。自分にパトロンという種類の人がついたら、まず地元の駅の自転車置き場を一年ぐらい借りてもらうかもしれない。

そうこうしているうちに、自転車を撤去された。八年ぐらい乗ったシティサイクル、いわゆるママチャリだった。乗り心地が重い時もあったが、雨の日も風の日も苦楽を共にした、愛着のある自転車だった。

その後、ハガキが来た。取りに来て二五〇〇円払ったら返してあげる、という。わたしは、丸一日考えたあげく、取りに行かないことに決めた。単純に、とても腹を立てていたからなのだが（自分が悪いのに）、どこかで、どんな近場の外出であっても自転車に乗ってしまう生活を変えたかったのかもしれない。また、せっかくクロスバイクを買ったのに、大事にしすぎてあまり乗っていないことも悩みだった。

ママチャリが消えてから、わたしは、毎日徒歩で買い物に出かけ、遠出や駅へはクロスバイクに乗るようになった。徒歩での買い物は、散歩も兼ねていて楽しく、座りっぱなしの一日の憂さを晴らしてくれる。そしてクロスバイクは、雨の日や一時駐輪場の負担（前輪を器具で不自然に立てた状態で固定する）がはらはらするものの、やはり乗っていて心地よい。憎むべき撤去は、二つの問題を一挙に解決してしまったのだった。

これでよかったのだろうか。手放すことに決めたものの、前のママチャリの行方が気に掛かる。調べると、まだ使える物は売却されたり、海外に無償で譲渡されたりするらしい。いい自転車だったから、いい人の手に渡ることを祈る。

# おとしの教え

思うところがあり、おとしの手帳を取り出して、しげしげと眺めてみた。メモのページを目当てにである。会社の作業台の傍らに置いて、ノンジャンルでいろいろなことを書き込んでいた。今もそういうノートは持っているのだが、働きに出ている分、取り扱っている内容はやや広い。「出金伝票をそろそろ書く」といった注意喚起、「浅漬けの素、炭酸キーパー」みたいな買い物メモ、会社の愚痴《ぐち》、調子が良かった日の食事・生活パターンの記録など、万能だが全体的に底の浅いカウンセラーみたいである。アホカウンセラーだが、たまにありがたい助言もあって、「休むことも仕事のうち。眠気があればすぐ寝る」「無価値な疎外感に浸らない」などと、なかなか的を射たことを言ったと思えば、アホらしく、「もらえる年金の額をもう少しだけ上げたい」という呻《うめ》きがすごく丁寧な字で記してあったりする。おととし（この原稿を書いたのは二〇一三年なので、二〇一一年）の今頃は、サッカー女子W杯、ツール・ド・フランス、コパ・アメリカ（サッカー南米選手権）と時間的に破産状態にあったので、余計なことを考えてはいけなかったらしい。その後、ツール・ド・フランスを見守ることの歓喜と苦悩が切々と綴《つづ》られていて不気味である。

なるほど！　と膝《ひざ》を打っている事項もある。三十三歳にして何か発見したようだ（現在わたしは四十歳）。どれどれ。一つ目は、無駄毛は毎日風呂で惰性で剃れば困るほどは生えてこないこと、二つ目は、自転車のタイヤの空気はパンパンに入れておくとすごくペダルが軽くなること、三つ目は、新しいヘアピンは硬い、ということである。どうしてヘアピンが一ケースにあんなにたくさん入っているのか疑問だったのだが、失《な》くしてしまうからという以上に、緩くなったら捨てるからなのか！　とわたしは気付いたらしい。

ご察しの通り、おととしの手帳は、今のわたしの悩みをまったく解決してくれなかったのだが、とりあえず自転車にはたくさん空気を入れた。暑い中、ペダルが重いのは死活問題である。明日は外出する。感動するだろう。

# 環境音の暗示

わたしは、周りが静かでもうるさくても文章が書けないという腹立たしい体質で、仕事に関する作業をしている時はずっと雨の音を鳴らしている。以前は、「自分に最適な雨の音」をインターネットで血眼《ちまなこ》になって探し回り、約一五〇〇円を出して海外サイトからダウンロードするぐらい環境音に手間をかけていたのだが、今はスマートフォンのアプリの発達によって簡単に音が手に入るようになった。お金を出さないと買えなかった雨の音が、「テントに当たる雨」や「サンパウロの雨」や「オレゴンの森の雨」などと細分化され、無料で手に入る。しかも、「たき火」とか「喫茶店」や「教会」など、無数の他の音と組み合わせて聴けたりする。この数年で、わたしは大変な環境音成金《なりきん》になった。

眠る時にもときどき鳴らしてみるのだが、効果のほどはよくわからない。仕事はとにかく起きて手を動かせばいいのだが、寝入るのはある意味頭とのギャンブル勝負なので、どの音で脳がその気になるのか、毎日試行錯誤している。洞窟の地下水が滴《したた》る音に小川の流れを足し、雹《ひょう》の降る音をかぶせたりする。暑いのでひんやりした音を作り、自分は涼しいところで寝ていると暗示をかけるのである。一度、明け方に、船が軋《きし》む音にひどい雷雨の音、クジラの鳴き声にバケツに水が落ちる音を同時に鳴らして横になっていると、船の上から乗組員全員が何の痕跡も残さず忽然《こつぜん》と失踪したというメアリー・セレスト号のことが頭から離れなくなり、しまいに眠れなくなってしまったことがある。愚かしすぎる。

しかし、環境音の効果自体はあることがこの出来事からわかる。自分がどんな場面で眠りたかったかを思い出してみる。学校の教室か会社でか。前の会社の人に頼んで職場の音を録音してもらうか。しかし、本当にいちばん効き目があるのは、机に伏せて座ったまま寝ることなんじゃないかと疑っている。

## 隣町の冒険

当欄では、七月にママチャリを撤去され、それを故意に取りに行かず、徒歩で買い物に出るようになった旨《むね》を報告させていただいたのだが、散歩は完全に日課となり、スーパーに一軒行くぐらいだったのが、ドラッグストアにも寄ったり、買い回り先も遠くなって、長大化の一途を辿《たど》っている。毎晩散歩の時刻の三十分前にもなると、そわそわし始める。五分前になると、椅子に座っていられなくなり、こまごまと支度を始める。そして時間きっかりに家を出ていく。ほとんど犬だ。

今日は、何を書いたらいいのかわからなくなって、隣町に散歩に出てきた。いつもの、買い物のためというよりは、歩いていたらいろいろ思いつくらしい、という定説にのっとってのことだったが、純粋に隣町を楽しんできただけだった。隣町には、栄えているのとそうでないの境界線上にあるような商店街があり、大きなスーパーと中ぐらいのスーパーが二軒ある。当初は、住宅地を通り抜けて大きなスーパーに行って帰る予定だったのが、気が付いたら、商店街を端から端まで吟味し、スーパー全軒に価格調査に行っていた。今はどこも葉物が高い、とか言っている場合ではないのに。

とはいえ、隣町は奥深かった。じっくり歩いてみると、普段の自分が何も見ていなかったことがよくわかる。このお惣菜《そうざい》屋はあのおばさん二人で始めたのか、あの漬物屋の若い主人は二代目か。町は次々と宿題を出してくる。このエッセイを書かなければいけないことを半ば忘れながら、わたしは隣町を後にした。訪問介護の事務所の前で立ち止まると、暖簾《のれん》を片付けていたとても若い女の子が、咥《くわ》え煙草《たばこ》で振り向いた。二人並んで自転車に乗っている買い物帰りの女性たちが、「すっごい寒い。これもう冬ですよね。九月の終わりやのに」と言いながら、わたしの横を通り過ぎていった。夕暮れの隣町は、物語の一場面のように絵になっていた。

## この枕でどこまでも

評判の良い首枕と、ついでに洗えるアイマスクを買った。長距離の旅行に行くためである。

多い時は月に数回東京に行ったりするのに、そういう装備を今まで一つも購入してこなかったのは、自分をそんな道具を必要とするような人間だと思いたくないためだ。できることなら、「え、どこでも寝れますよ」などと言える、豪快でおおらかな人間でありたい。だから、上着を頭からかぶったりはしても、専用のサポート用品などには手を出さなかった。しかし、新幹線で上京するたびに、自分には本当はちまちました、神経質なところがあるのだ、と思い知らされ、それをこのたび、認めるに至った。

苦渋の決断ではあったが、枕を購入したらしたで、それを使ってみたくて仕方がなくなり、旅行の前日まで、電車に乗りたい、電車、とそわそわ過ごした。新幹線に乗り込むと、後ろの席に和気あいあいとした若い娘さん二人組、隣と前方にお子さん連れという、居眠り的には危うい状況に立たされたものの、めげずに枕とアイマスクを装着したら、そのまま寝てしまった。三日間の旅行の間、電車での移動が合計十三時間ぐらいあったのだが、常にうとうとしていて、文は一行も書かなかったし、暇つぶしに持っていった本は短篇《たんぺん》一本しか読んでいない。少しは仕事をしようとか、積読《つんどく》の本を読もうと思っていたのに。毎度、電車の中での「眠いけど眠れずという辛い暇」が本当に怖いのだが、もうこれで東京〜大阪間なんか一瞬みたいなものだ。

長距離移動が苦手なのが玉に瑕《きず》だぜ、と思ってきた。他の人から見たら何が玉だこのやろうという感じだと思われるのだが、個人的に、もういろいろと修正するのを諦《あきら》めているから「玉」で、しかし、それでも長い距離は克服したいとずっと思っていた。このままどんどん遠くへ行くぞ、と調子に乗る。いつか地球の裏にも行くし、月などにもできれば行きたい。

# ファミリーの手前と奥

主にお菓子、文具、本、手芸資材を備蓄しているのだが、形のないものも備蓄する傾向にある。たとえば、録画した番組で、すごく楽しみなものがあると、すぐには観ずに取り置きをしておく（スポーツの試合は除く）。『ミス・マープル』の「復讐の女神」はいいけど「スリーピング・マーダー」はもっと特別な日に観よう、という具合に。レコーダーの中には、この調子で番組が備蓄されてゆき、ハードディスクの残量との戦いにおいて、日々水際作戦のような状態が続いている。

テレビ番組以外にも備蓄しているものがある。備蓄というか、先延ばしにしていることなのだが、平日にファミリーレストランに行きたいと思ったまま、かなりの時間が経過している。いくらでも行けばいいのに、ファミレス一食分で自炊三食分ぐらいになるし、自分の好きな物はある程度作れるから、もっとつらい日に行くことにしよう、と思って毎回取りやめてしまう。しかし、ファミレスのクーポン券は、常にそのへんに置いてときどきしげしげと眺めている。おそらく、目の保養をしているのだろう。そして憧れだけが蓄積されてゆく。

たぶん、自分の考える「もっとつらい」と、価格がどうにもうまく交差し合わない状態にあるのだと思う。なぜなら、「もっとつらい」と風呂に入って寝るだけで精一杯《せいいっぱい》だし、そうでない日は、「自分で作ったらいいか」なので、生活の中にファミレスを迎え入れるには、その両者の隙間を更《さら》に広げなければいけないのである。そのさじ加減がわからない。は、もしかしたらそこにあるものこそは「ファミリー」なのか。

以前、友人が嵐山《あらしやま》で、自分がなかなか見かけないファミレスを発見して、なぜかすごく行きたがって実際に行ったことがあった。その気持ちが今になってなんとなくわかる。今度、彼女にファミレスに行こうと提案してみようと思う。どうもソフトドリンクが飲み放題らしいよ。

# 「少しだけ」の暗躍

世の人々には、「少しだけ」商法を提案したいとつねづね思っている。主に食品、特にお菓子では、確実な効果が上がることが期待される。

きっかけは、通販について書いてくださいという仕事をしたことだった。わたしには、出先で頂戴《ちょうだい》したなにげないお菓子にふと心を奪われる習性があって、原稿には、韓国料理屋で帰りがけに一個だけもらったおこげアメがどうしても食べたくなり、探しに探して、通販という実際の商品の見えにくさも手伝い、十袋も買ってしまったということについて書いた。こんなばかなことをするのは自分だけだろう、と思って打ち明けたのだが、編集担当さんも、誰かにもらったアメ食べたさに、巨大なアソートの袋を購入したことがあるらしい。最近もわたしは、友達の家で食べたクッキーがおいしかったので、やはりたくさん買ってしまった。

ビジネスのやり方は簡単だ。カモに向けて「少しだけ」おいしいものを与える。そうしたら彼らは、その「少しだけ」が忘れられず、おもしろいようにそれを求めるだろう。カモの見分け方は、何種類かの風味が入っているアメの食べ方を観察すればよい。彼らは執拗《しつよう》に、どの味が何個入っていて、ということを把握したがり、序列をつける。低いものから順に口に入れて、高いものは最後においておく。真の食い意地とは、たくさん食べることではなく、どの食の機会も最大限に楽しもうとすることにある。ただ、あまりにも敷居を高くすると、カモは警戒してそもそも手を出さない可能性があるから要注意である。

さまざまな場所に顔を出しては、お菓子を少しだけくれる、善意を装った「少しだけマン」。それは、あなたをうちに招待してくれた友人かもしれないし、料理屋のレジに潜んでいるかもしれない。あなたにアメをくれようとする、電車で隣に座ったおばちゃんもまた、「少しだけ」の手先かもしれない。

# ツボを見つける

　このごろ学んだ人付き合いにおいて重要な事項といえば、「女の人には海外ドラマの話をして、男の人には海外サッカーの話をすればよい」という明快なことである。執筆の仕事をしていて出会った男女の半分ぐらいには、ドラマかサッカーの話が通じた。わたしがサッカーの話をするようになったのは、非常な興味を持って観た二〇〇六年W杯からのことなのだが、それ以来飛躍的に男の人と話しやすくなったのだった。べつに、人と話すために海外サッカーのニュースをチェックしていたわけではなく、単に連載小説みたいでおもしろいので毎日読んでいたら、話せることが増えた。なのでもう七年ぐらいサッカーの話をしているということになるのだが、ちょっとびっくりすることに、海外サッカーの話をする九割方の人が、アーセナルFCかリヴァプールFCを応援しているのである。ほぼ、どちらかしかいない。文章の業界にまつわるサッカーの好きな人々には、だいたいアーセナルかリヴァプールの話をしたら間が持つということになる。

ドラマに関しては、会社を辞めてフリーランスになってから、日々の楽しみに視聴するようになったのだが、こちらの話題は女性が大変明るく、「海外ドラマを観ている」という人の八割が、『LAW&ORDER』シリーズか『クリミナル・マインド』を観ている。他の好きなドラマについてはまちまちだが、とにかくこの二本のどちらかは、絶対観ている。小説の中に、海外ドラマが好きな女性のことを書いて発見したこれらの事実なのだが、よもやこんなに反応があるとは思わなかった。

アーセナルとリヴァプールと『LAW&ORDER』と『クリミナル・マインド』。雑談力が注目される昨今、この四点を押さえておけば、行き詰まった時でも危機一髪的に会話を乗り切れるのではないか。あと、サッカーでは日本代表の話題を加えればもう無敵だ。むしろ今年はその五つの話しかしないと抱負を述べたい。迷惑か。

## 就職活動とストーリー

ある人物が書いたと言い張っていた曲が実は他の人が代作をしていた、という出来事が話題になっている。そのある人物の曲がとても人に聴かれ、CDを売り上げたことには、彼が語った自分自身の体の不自由さとか、出自といった背景が関係している様子だ。もちろん、曲自体の力もあってのことだろうけれども、そのうえで、その人物が持っているストーリーを最大限にプレゼンテーションした結果、それに感心した人々が、曲を購入するようになったという流れのようである。

個人の持つストーリーというと、わたしは同じ時期に別の場所で話題にした。取材で訪れた、新卒向け合同企業説明会の相談員さんにお話を伺った際、どういった相談が多いでしょうか？　と尋ねると、今の時期はエントリーシートについてが多いですね、とのことだった。わりとどの人も、大学時代については画一的な内容を書いてくるので、それについて注意しているという。「アルバイトをして、そこで仲間とチームワークを発揮して、礼儀を教わって……」といった内容が多いそうだ。単に学校に真面目に行っていたという経験しかなくても、それを書いてよいものでしょうか？と訊くと、勉強から得たことをきちんと書ければ悪くないでしょう、という要旨のお答えだった。アルバイトのことでも、出した結果に数字が伴っていれば良いらしい。学生さんたちは、背景はそれぞれに違うのに、それを似たような内容で発信しているようだという印象を持った。もっと個々のストーリーがあるだろうし、それを最大限に引き出せればよいな、と考え、ふと件《くだん》の作曲家のことを思い出した。

自分からストーリーを引き出すのは難しい。繕った外面と誠実な本心の戦いもあるだろう。人は誰でも一作は小説を書けるという。エントリーシートとは、その一作の主題の前向きな部分を強く語る作業なのかもしれない。口のうまい作曲家ではなく、なんとか働きたいと願う学生さんのストーリーが報われることを当然祈る。

# 編み物ダークサイド

自分でも編み物をしすぎだと思う。二月から始めたことなので、そりゃ楽しい時期だろうとは思うのだが、それにしても、そのへんを歩きながら、棒針を持っているかのように両手を動かしてエア編み物をしているし、風呂から上がったら毛糸の元へまっしぐらである。脳がうまく疲れるのか、ときどき懸案になる寝付きもとても良い。小物を作れるようになったので、帽子もマフラーも毛糸代だけで増やし放題である。

まるでいいことずくめのように書いているが、実はそれだけではない。一分でも編み物をする時間を増やしたいので、自炊を中断している。毛糸も買いすぎだ。自分が作ったものを何度も眺めて、密かに感心する。そしてキキキキとほくそ笑む。大変、ナルシスチックである。

編み物を始める前は、あんなものできるわけがないだろうと考えていたし、始めた後は、できるわけがないんならあんなにたくさんの人がやっていることもないだろう、と思う。いろいろな暇つぶしに手を染めてきたけれども、没入度といい、初心者の段階でも目に見える成果が出て病《や》み付きになることといい、編み物にはまさしくキング・オブ・趣味の風格がある。

しかし、編み物をする実際の心持ちもまた、わかってしまった感がある。上品な老婦人が、窓辺で笑みを浮かべながらのんびり編んでいる……、というよくあるイメージは完全に幻想である。わたしは、何かストレスを感じたら編み針を探す。面倒なこと、うまくいかないことを思い出してずーんと落ち込んだ時に、走って毛糸を買いに行く。要するに、むかついたら編み物をするのである。明日などないぜ編みまくれ。そのうちに、気持ちはなんとかなっている。あなたの優しいおばあさんやお母さんは、穏やかな顔つきで、本当ははらわた煮えくり返りながら、編み物以外したくないからしていたのかもしれない。編み物で怒りのマネジメントを。もれなくマフラーがおまけに付いてきます。

# 続・ファミレス

以前この欄で「ファミレスに行ってみたい」と小さな願望を書いた自分なのですが、今になってかなり入り浸っている。子供の頃の自分に、あなたは小説家になって三日に一回ぐらいファミリーレストランに行っている、と告げると小躍りするだろうけれども、なかなかどうして、これでよいのかしらという思いで通っている。

編み物のし過ぎで自炊をしなくなった、と先月書いたのだが、心身共に不調な日々が続いたという事情もあった。そこで、「何を食べたいか」と残り食材を調整する業務を投げ出し、ファミレスに逃亡を図ったのだった。そのアウトソーシング能力は強力であった。調理はもちろん、ドリンクバーが冷蔵庫代わりとなってくれて、片づいている机と座り心地のいい椅子も提供してくれる。そりゃ世の中の人は、ファミレスで仕事をするわけである。

人の話を聞けるという特典もある。わたしの行く時間帯は、パート帰りで愚痴を言い合っている女性同士が多いのだが、あの人とは合わない、といった単純なものから、自分の子供ぐらいの年齢のアルバイトと駆け引きしながらシフトを組む苦労まで、愚痴にもいろいろあって興味深い。

「これでよいのかしら」と思う理由には、あまりに馴染《なじ》みすぎて、そのうちどこかのファミリーの食べ残しのポテトをむしゃむしゃ食べ出してしまうんじゃないかという恐怖もあるのだが、自分が店に行けば行くほどお得に利用できるようになっていることにもある。メニューを熟読し、会員になり、自分が必要とするサービスと価格のギャップを狭めていくうちに、サービスが対価を上回ってしまう瞬間が出てくる。そういう時には、なんだか恐縮してしまう。お店に行くたびに、アルバイトの時給の表示を見てちょっと申し訳ない気持ちになる。もう英語圏の人のふりをしてチップを渡すべきなのかもしれない。ホールの人にも調理の人にも、工場で食材を加工している人たちにも、いつもすみません、と思いながら、今日も一仕事してうちに帰る。

# 情報のすっぴん

心にふと浮かんだ何かについての検索をしていて、それで引っ掛かってきたブログを、その「何か」のことも忘れて読み耽ることがある。週に一回ぐらいはそうやって一時間半ぐらいが平気で経過して、はっとする。時間が湯水のように過ぎていく上に、目も疲れるし、この人はなんでこんなことを書いているんだろう、と考え始めるときりがないので、できればやめたいと思っているのだが、疲れている時などについ読んでしまう。仕方がないので、「これはたまたま拾った他の人の日記帳なのだ」と思うようにしたら、なんとか中断できるようになった。それはプライバシーだものな、読んではいけないな、と。本人が納得して公開しているため、そんなことはないのだが、とにかくそうやって扉を閉める。この状況のことを、個人的に「捕まる」と呼んでいる。記事の内容に良し悪しはなく、ただ捕まえる力が強いということがある。優れた曲でなくても、耳に残って頭の中でやたら回る曲があるのにも似ている。

情報を求めて調べ物をすると、なぜかそれについて発信する人自身のことを情報以上に受け取っている。求める記事が載っている本を探してくれた図書館の司書さんが、突然自分について話し始めたらびっくりするけれども、インターネットではそれが簡単に起こりうる。

以前は、人には表の顔と裏の顔がある、と理解するぐらいでよかったのが、今は、表の顔、素顔、裏の顔、三つに分かれているようだ。男性か、もしくは普段から素顔の女性ならいざ知らず、化粧をして公的な場に出ている女性の素顔（すっぴん）を見てしまったら、向こうが良くてもこちらが「ごめん」といたたまれなくなるということはある。化粧をしない男女にも、インターネットを通してすっぴんが出現するようになったといえる。

それまで化粧をして説明をしてくれていた司書さんが、おもむろにメイク落としで顔を拭きながら自分の話を始める。わたしならあたふたする。掛け値なしに。

# やれやれの前に

自宅で仕事をしていると、自宅で便利だから捗《はかど》る、ということもないのがわかってくる。もうっ、なんでこんなところが散らかってるのっ！　と常に不満に思っていたりとか、レコーダーの中身が消化できていないことを始終気にしたりとか、メールソフトの使い勝手が悪いとか、インターネットの広告がわずらわしいとか、本当にいろんなことが気になる。

家に居ながらにして、「家に帰りたい」と思ったりするのは、非常に心もとない。あんなに家が好きだったのに、もう地上に安息の地はないのか、仕事め……。しかしそれでも、「家にいて幸せだ」と思うことも少なからずあって、それは、「長い外出から帰って来た時」なのである。わたしは、仕事でも遊びでも、一日家を空けて帰ってきた時の、あの「やれやれ」という感じが大好きなのだった。荷物を下ろしてさっさと部屋着に着替え、化粧を落として布団にうつぶせになる。そういえば以前、自分は会社員との兼業時代の末期に、布団に話しかけるようになり、しまいにはふとんコールをしながら崇め奉るようになってしまったということをエッセイに書いたことがあるのだが、あれはあれで異常なものの幸せだったと思う。いきなり寝転がらないまでも、帰り道で買ってきたカップ麺《めん》などをすすりながら、昼間に録画したドラマを観ていると、「これも一種のディナーショーだな」とほくそえんだりする。全然違う。しかし、そんなくだらないことを考えてしまう程度には疲れて、家にちゃんと帰ってこられることは、幸せな状況なのである。

ある安息の場所があるとして、しかし、何日もぶっ続けでそこにいるのでは、そのありがたみも薄れてくるのだろう。「出ていく」の気の進まなさと、「帰ってくる」の喜びが合わさって、その場所は最大限の居心地を提供してくれる。家というごはんには、外出というおかずが必要なのだとも言い換えられよう。人間はつくづく、変化と、それを取り込んだサイクルの中で生きているのである。

# 善意の乗客

電車とは愛憎を半ばにする。休みの日に、電車に揺られて、車窓をのぞき込みながらどこかに出かけるのはとても楽しいことだが、満員の通勤電車では怒りと焦燥《しょうそう》を禁じ得ない。なんなのだこの殺気立った集団は。お互いが人間であることなどお構いなしだ。

そんな心の中での扱いに困る電車なのだが、最近ちょっと考えを改める出来事があった。さる新聞の取材を受けたのだが、大阪に来られた女性の記者さんは、松葉杖《まつばづえ》をついていた。以前患った病気のせいだという。一見は驚くのだけれど、そのことを取り立てて語るでも隠すでもなく、わたしより四歳ほど年上の記者さんは、とても丁寧な取材をしてくださって、近影も自ら撮影していかれた。取材は午後九時頃に終わった。記者さんは、大阪に一泊する、とのことで、帰る方向が同じだったわたしは、記者さんと一緒に御堂筋線《みどうすじ》に乗った。

御堂筋線は夜も満員である。座席は残っておらず、記者さんを空《あ》いている吊革に誘導したところ、記者さんの前に座っていた男性が、席を譲ってくれた。ひょいと立ち上がり、車両の人混みの中に消える、というスマートな譲り方であった。感心して、何度もお礼を言っていると、今度はわたしも席を譲られた。若い男性だった。記者さんに席を譲ろうとしたら先を越されたけど、まあいいか、というところなのだろうか。わたしは本当にびっくりして、いやいやわたしは大丈夫なんで、と引き下がろうとしたが、結局男性の厚意に甘えることにした。記者さんが降車し、自分も降りる時になってお礼を言いに行くと、とてもいい顔で会釈《えしゃく》してくれた。

これが日々憎んでいる電車での出来事か、と思う。乗客という塊《かたまり》は、ほぐすと一人一人の善意を持った人間だということなのだろう。忘れずにおいて、わたしも誰かに、電車はそこまで悪いものではない、と感じてもらいたい。

# 会社員の十年

今年（二〇一一年）の十月で、今の会社にやってきてから十年を迎えた。十年、と数字にすると、とてもとても長かったように思えるし、けれども、体感では、短いってわけでは全然なかったけどもすごく長くもなかったな、というような、ぱっとしない感想が浮かぶ。

前の会社に九ヵ月強しかいられなかったことが、ずっと不安だった。あまりにも強い無力感を抱えて会社を辞めたので、失業中に、わたしはもう働けないんじゃないでしょうか？　と就職カウンセラーさんに訴えて心配されたこともあった。当時わたしは二十三歳だったが、すでにもう何もかもが遅くて、やり直すことは不可能であるような気がしていた。十年後の今からすると、二十三歳はどう考えても若い。それでも本人は、道を間違えたまま年をとりすぎてしまって、自分の人生は修復不可能だと感じていた。仕事をする、という、誰もがやっているはずのことが、自分には無理なのだとしか思えなかった。

そんな人間が、再就職後に勤続十年である。もちろん世の中には、勤続三十年や四十年の人もたくさんいるので、十年なんてまだまだひよっこであることは理解しているのだけれど、自分は何一つできない人間なのだと落胆してから十年働けたことは、いくばくかの価値のあることであると思う。こっそりお祝いをしたいところだが、特に労《ねぎら》われたいとは思わないし、何も欲しいとも思わない。それほど、働くということが自分の生き方に馴染んできたのだろう。

「まずは三年、次は五年、そして十年勤めることを目指しなさい」と大学の先生に言われたので、それを鵜呑みにして同じところに十年勤めた、とも言える。十年勤めてやっと一人前だ、と言われた記憶もある、それでわたしは一人前になったのだろうか。いまだうまいコピーのとり方を模索し、集中力のなさと格闘している。十年前の自分はもっと出来が悪かっただろうと考えるとぞっとする。今はただ、そんな自分に仕事を教えてくれた忍耐強い先輩たちに強く感謝している。

「本年もよろしくお願い致します」

一日に百回以上は「すみません」と言っているため、わたしが口にする言葉で最も軽い言葉は「すみません」である。たぶん、日本円に換算すると二円ぐらいだと思う。「おはようございます」とかのほうが、午前中の十時半までしか口にしない分、高価である。

その対極にある重さを持っているのが、わたしの年に一度の年賀状における「本年もよろしくお願い致します」である。どれだけ親しかろうと、「お願いします」ではなく「お願い致します」。本当は、「おねがいいたします」ではなく「おねがいちします」と頭の中で言いながら書いたり打ち込んだりしていて、その誠実さのほどはあやしいのだが、非常に真剣ではある。喉から振り絞るように発音している。片ひざは確実に地面につけて、頭を垂れている。お願い致し申す。

いや、他に何か粋なことを書こうと思っていた時期がわたしにもあった。「良い初夢が観られますように」とか、「今年もまた遊ぼうね」とか、「元旦からバイトです」とか、「辰なんて描けねえよ」とか。しかし、それもあんまり人にお願いをすることのなかった学生時代までのことだった。会社に入ってからは、「旧年は大変お世話になりました。本年もどうぞよろしくお願い致します」の一点張りである。「旧年は」と小ざかしく付け加えることによって、去年の恩は決して忘れておりません、とアピールした上で、今年も同じかそれ以上によろしくお願い致します、と低い声で付け加える。

今年もわたしは、小さい遅刻をするでしょう。今年もわたしは、背後に誰が来てもコピー機を明け渡しはしないでしょう。今年もわたしは、締め切り当日に「すみません明日になりそうです」というメールをお送りしたりするでしょう。今年もわたしは……。ですがよろしくお願い致します、という、不測の悪事の予約のような、悪びれに満ちた「今年もよろしくお願い致します」なのだった。

# 喘息と読書

少し前までは、インターネットを本当によくやっていたように思う。会社でふと心に浮かぶことがあったら、暇を見つけて検索し、帰宅したらまずパソコンを立ち上げて、ニュースサイトをチェックし、仮眠から執筆するために起きた夜中にもまたサイトを見て、そのまま気になることがあったらずるずるとリンクを辿《たど》ったり、検索したりしていた。そこで見た記事でまた気になる言葉があると更に調べ、とまさに芋づる式に知りたいことは増えて、休みの日などは、気が付いたら三時間も四時間もブラウザを見ていた。

完全にフリーな時間があって、というわけではない。ありがたいことに、ここ数年はどんな時間であっても、大抵は何か、組まなければいけない構想や、書かなければいけない原稿や、見なければいけないゲラや、返信しなければいけないメールを抱えているのだけれども、それでも、インターネットを見るというのは別の枠組みの時間として考えていた。仕事がどれだけ溜まっていても、ごはんを食べたりトイレにいったりする時間は別であるというように（こう書くと、三大欲求のうち、睡眠だけは削ったり増やしたりと比較的動かしやすいのが、今更ながらに不思議に感じる）。

一つには、知りたいことをすぐに知ることは自分にとって必要なことだという認識があった。自分は、自分の知っていることや、知っていることに対してどう思うか、ということを文章に書いて生活しているのであって、だから、知りたいと思うことは、一見どんなにくだらない芸能ニュースや、一般の人のどうということのない日記であっても、その場で調べられるのであれば知るべきだ、と。鉄は熱いうちに打てとばかりに。自分の器が、ある知りたいことを欲したら、対象がどんなことであろうと、それに従うのは自分自身の務めだと思っていた。それが最終的には自分のためになるのだと考えていたのだが、それも一長一短なんだよなあ、とやっと最近考えるようになってきて、インターネットにつなぐ時間を制限するようになった。

何しろ目が疲れる。それに結局、そこで得た知識というかネタは、よほど印象の強いものでない限りは忘れてしまう。たとえば、三日前にある人物について、何時間もかけて熱心に調べたとしても、今はその人物の名前をまったく思い出せなかったりする。ひどい時には、調べたことも忘れている。これは、わたしの記憶力がよろしくないということ以上に、基本的には、その人物についての知識が自分には必要なかった、という意味でもあるだろうし、知りたい、という瞬間湯沸し器的な熱狂がまったく長続きしないことでもある。そんなことに不必要にこだわって、頭痛や目の乾燥に苛《さいな》まれていていいのだろうか、と思った。次々浮かんでは消える粗悪な欲求は、どれだけ満たしても半分も身にならなかった。

どうして身にならなかったのだろうかと思う。理由はよくわからないのだが、インターネットでの調べものは、手軽に次々と見られて、情報がある程度小分けにされているぶん、自分の知りたいところを摘《つま》み食《ぐ》いしても、概要を摑めたような気分になるからなのではないか。言い換えれば、知りたくないところには手をつけないまま、どんどん先へ進んでいける利便性がある。そういうところが、堪《こら》え性《しょう》がなく、せっかちな自分にはとても向いていたのだ。

そんな人間になってしまった今、繰り返し同じ本を読んでは、その内容を布団の中で反芻《はんすう》して、またその本を読む、ということが日常だった子供の頃を、ひどく懐かしく思う。

体が弱かった、というわけではないのだが、小児喘息《ぜんそく》を患《わずら》っていたので、発作《ほっさ》の後は、しばらく臥せっていなければいけなかった。今でこそ、やりたいことは寝転ぶことだけとうそぶいているけれども、小学生の頃、特に低学年の頃は、ずっと横になっているなんてとんでもなく退屈で苦痛だった。だから、いつも寝ているふりをしてこっそり本を読んでいた。母親は、発作を起こした後のわたしが寝床で本を読むことを、許してくれたり許してくれなかったりした。

ちゃんと睡眠をとってはいたのだが、眠ることに執着がないというか、子供時代を通して、あまり眠たいという衝動を感じたことがなく、一家全員が床に就く時間になってもしつこく起きていて怒られ、仕方なく、わたしと母親と弟が寝ている部屋の隅で、電気スタンドにタオルを掛けて暗くして、深夜まで本を読んでいたことをよく覚えている。そのまま、宵《よい》っ張りな性質は直らず、深夜ラジオにはまり、そのせいでさすがに睡眠時間が足りなくなり、夕方に寝るようになって夜中にまた起き出すという生活が定着して、今に至る。

小学二年になるまで、まんがを読む習慣がなかったのと、幼稚園からその頃にかけてがわたしの小児喘息の発作が起こるピークだったせいか、いちばん「本」を読んだなという記憶があるのは、字が読めるようになった幼稚園の年長組〜小学校低学年である。それ以降もわたしはたくさん本を読んだけれど、同じ本を何度も読む、熟読する、ということをいちばんやっていたのは、「熟読」という言葉を知らなかったその頃である。

いつも眠気を感じていて、眠くない時も習い性《しょう》で眠いような気がして、字を見ると簡単に目がすべり、一度読んだものを読み返すことに時間の浪費を感じる現在とは、まったく反対だった。けれど、手軽に消費できる情報という薄明かりに吸い寄せられては火傷《やけど》し、疲れ切って次の光に誘われてよろよろと飛んでいる蛾《が》のような状態であることを自覚した今、親に怒られながら、まだ満足な冊数にもなっていなかった自宅の本や、図書室で借りてきた本を繰り返し繰り返しめくっていた頃の集中力を強く求める。こういう陳腐なフレーズは、小説の中では使いたくないのだけれども、個人的な真実として述べる。あの頃に戻りたい。

はたして戻れるのだろうか。もう三十代も折り返し地点なのだけど、すぐにやってくる来年の目標は、落ち着いて本を読むこと、という、年齢に違って明らかに落ち着きのなさそうなものにしてみようと思う。今になって、このことが非常に挑戦的な試みであることのように感じられるのが嘆かわしいけれども。

「情報」を簡単に脳味噌に注入できるようになり、そのことが飽和状態を迎えた今、逆説的に、自分が本から得ていた主な栄養は「情報」ではないのだな、ということに気が付く。だったら何なのかといわれると、あれもこれもが答えになりそうで、結局首を傾《かし》げてしまう。物語だったのか。それとも、情報とは似て非なる知識なのか。

本を読み始めた頃、読むことは、ひたすら体験だった。図書室で借りてきた本のぼろぼろさ加減とその物語は、一体のものとなって記憶されている。喘息の発作の後、親に隠れて本を読んでいる自分自身もまた、物語の一部だったように思える。ああ、『チム・ラビットのぼうけん』はおもしろかったなあ、と思い出す時は、必ず、小学二年の時に住んでいたマンションの六畳の部屋と、苦かった薬と、裏腹に魅力的だった吸入器の味のことを思い出す。

そういう読書を再び求める。

# Sさんの退職、ディセンデンツ、花見ほか

二〇一二年の三月の下旬から四月の中旬にかけて、短い雑記を何本も書くことにした。「文學界」のこの欄は、十二〜十三枚でという指定で依頼がやってくるのだけれども、十二枚以上をかけて言いたいことが見つからない、というごく普通の理由以上の理由がある。依頼を頂戴したことを忘れていたからだった。「あの依頼はどうなりました？」というリマインドを受けた時点で、断ろうにももう手遅れな感じであることにおののき（少なくとも、自分が代打を頼まれたとして受けられるような時間の余裕はなかった）、ロッカールームで考え込んだ挙句、一日に一枚を十二日書き続けたら仕事を果たせるだろう、とやけくそなことを思いつき、その苦肉の策を担当編集者さんに話したところ、OKをいただいたのだった。「依頼を忘れる〜思い出したが手遅れ〜仕方なく工夫して受ける」。だめな町工場みたいだと思う。六枚とかなら意外

と断ってしまったかもしれない。十二枚で随筆とは業の深い依頼であると知る。結果的に、一枚という枚数では伝えきれないこともあったので、厳密には一日一枚ではないのだが、泥縄感はありありと浮き出ていると思う。メールはよく読んだほうがいい。

［3月29日　友人のサウダージ］

ニューヨークに住む友人から、チェッカーズの三枚組ベスト盤と、岡村靖幸の「家庭教師」をそれぞれ2ドルで買ったというメールが来た。自分の本だってブックオフで1円とかだろうし笑えないが、フミヤートについてしばらく夢想してしまい、仕事が手につかなかった。検索したら三時間ぐらい見ていそうなのでそれはやめた。友人から来た新年一発目のメールがそれである。ちなみに、この一年ぐらいの、その友人から来たメールの内容についておさらいすると、羽賀研二の裁判について、海援隊の頃の武田鉄矢が意外とかっこいいこと、清水宏次朗の三十周年記念ライブ映像動画のリンク、パルプ再結成についての所感、だった。海外生活が長い友人はきっと、羽賀研二や武田鉄矢に日本的なサウダージを感じているのであろう。たしかに、武田鉄矢に類する外人は思いつかない。このまま友人の郷愁がどこまで深化するのかを見届けたい。

［3月30日「私にも妻がいたらいいのに」］

会社のSさんが三月で終わりなのであいさつにいった。とても仕事のしやすい方であった。送別会に行けず、申し訳なく思いながら、定時に席に行って短い別れを惜しんだのだった。

Sさんは、大学院で勉強をしなおすという。その帰り、ロッカールームで、同僚のMさんに、Sさんはチャレンジャーですなあ、と言うと、Sさんの奥さんは学校の先生だからねー、とのことで、わたしは、その手があったかー！　とロッカーをバシバシ叩いた。ある意味、先にMさんと喋らないで良かったのだった。お別れのあいさつの時に、わたしも先生の奥さんが欲しいんですけどね！　などと力説していたところだった。どう考えてもそれは、最後の挨拶として不適切である。わたしに教師の奥さんがいたら、会社は明日やめる、もう一瞬でやめてやるぜ。

［3月31日　ベンゼマとNFG］

　こともあろうに、東京を嵐が直撃した三月三十一日の土曜日に上京した。パンクスプリング2012を観に行くためである。そして会場の幕張メッセに向かう京葉線《けいよう》は、強風のため止まっていた。大阪から来て何のことやらわからないわたしより、一緒に行ってくれることになった編集者さんのほうが青ざめていた。

　イベント全体というか、初来日するディセンデンツを観に行くための上京だったので、昼過ぎには小説（「別冊文藝春秋」で連載していた「エヴリシング・フロウズ」）の扉絵を描いて下さった内巻敦子さんとごはんを食べた。ていうかあの内巻敦子だぜ！（すみません）。もうガタガタしながら、失礼のないように失礼のないように鏡見忘れたけど鼻毛とか出てませんように、と恐縮していたのだが、内巻さんは描かれるイラストのように、とても親しみやすく優しげな方であった。内巻さんによると、今のレアルマドリーの絵面が大変なことになっている、どんな雑談をしているのか想像もつかない、とのことで、大変感銘を受ける。がんばってほしいですよね、と言い合う。たぶん、向こう半年分ぐらい「ベンゼマ」と口にしたと思う。ベンゼマがどういう人物かについては、いろいろありすぎて説明しにくいのだが、とてもいい選手だし、たまに問題を起こすものの根は良い人のはずなのだが、何かいたるところでだらしない感じがする憎めない人、としておく。あと、モウリーニョはＷＷＥのファンだと教えてもらったので、自分もまじめにＷＷＥを観ようと思う。

ごはん後も京葉線は止まっており、総武《そうぶ》線で近くまで行ってそこからタクシーに乗りましょう、ということになる。わたしが大阪から一人で来ていたなら、おそらく東京駅で途方に暮れた挙句、おみやげを物色してチキン弁当を買って帰っていたであろう。総武線ももちろんさくさく動いてはくれない。タクシーに乗り込むも、途上では事故があって渋滞と告げられる。まあディセンデンツは明明後日《しあさって》に大阪でも観るし、最後の十分ぐらい観れたらいいっす、と開き直って会場に走る。雨だ。靴ん中は今年で一番びちゃびちゃだ。

ついにわたしの前にその姿を現したマイロは、だいぶぽっちゃりしておられた。最後の十曲ぐらいは観れたような。最後の十曲ってそれ最後じゃないだろ、とお思いにならられるかもしれないが、一曲一曲がとても短いバンドなのだった。夢にまで観過ぎていたので、細部はあまり覚えていない。まだ観れたことが信じられない。その後、スイサイダルテンデンシーズ（良かった）を観て、ニューファウンドグローリーが出てきた。ギターでソングライターのチャドは、スイサイダルテンデンシーズとディセンデンツを聴いて育ってきたというような趣旨の事を述べ、特にディセンデンツに謝辞を捧げていた。地震の話をしたあとNFGは自分たちの曲ではなく、グリーン・デイの「バスケット・ケース」をやった。彼らは、自分たちがどう救われて来たかをよく覚えている。音楽がどうやって人を救って来たかがよくわかっている。痛みを明るく軽く弾けるような表現に、瞬時に異化できるものは音楽だけである。不覚にも泣いた。何回も観ているけど、シリアスと軽さを併《あわ》せ持った、本当にいいバンドになった。

［4月4日　ミューズホールはロッカーが少ない］

大阪MUSE《ミューズ》にディセンデンツの単独公演を観に行く。ライブは待ち時間が苦痛だ。みんなびっくりするぐらいロビーで煙草を吸う。毎回、不良の溜り場に腰いわしてるおばはんがきたよー、という感じになり、荷物はくそでかいのにロッカーに預け忘れるし、三十四なのに素人《しろうと》さん丸出しである。立ちっぱなしが普通につらい。パンクスプリングの時と同じく、ほとんど記憶がない。強《し》いて言えば、新しい曲やで的な言及で「トーキング」を演奏し始めたことに、違うマイロそれは八年前の曲や、と心中でつっこんだことぐらいか。わたしはそこそこおとなしくライブを鑑賞するので、暴れまわっていて何も覚えていない、とかいうわけでもないのだけれども。お客さんの盛り上がりはすごかった。それも若い人がたくさんいて、八年とかアルバムを出してないバンドなのに勉強熱心だなあ、と感心したし安心した。

「バイクエイジ」をライブで聴ける日が来るとは思っていなかった。自分は、女であれ男であれ、どんな主人公の小説を書いている時にも、必ずあのやりきれなさと怒りを通過してきた人間について書いている、と思う。「自分には助けられなかった」ことが疾走《しっそう》していく。それとどうしても折り合いが付けられないから、ただもう歌うしかない。その様子には、個人的な二者関係を超えた、人間と世界との軋轢《あつれき》が凝縮されている。そういう視点を提示してくれる表現はとても少ない。

［4月7日　ブルジュ・ハリファ対醍醐寺《だいごじ》対宇宙人］

編集者さん二人と京都に花見に行く。醍醐寺に行ったのち、円山《まるやま》公園へ。今年は花見が難しい。三月の終わりごろに、京都・大阪は七日が満開、という情報を得て、それを花見仲間に伝えたというのに、四月のあたまの「おはよう関西」では、今年は開花が五日ほど遅れております、とさわやかに説明される。社会の一員として果たしているもっとも大きな役割が、「花見の引率」であるわたしには胃の痛い日々が続く。醍醐寺は、ソメイヨシノや紅枝垂《べにしだれ》の開花状況が微妙で、すみません、すみません、と百回ぐらいあやまる。しかし、「モリゾー」という名前をつけて親しんでいる、巨大な丸いシルエットの桜と、霊宝館《れいほうかん》の近くに鎮座している、テーブル状のやはり巨大な桜は八分咲きといったところで安心する。自分は花見に厳しすぎる、と思う。会社の仕事とか小説を書くとか部屋を片付けるとか、いろいろやらなければいけないことがあるのに、もっとも自戒と自責を感じる項目が花見。

もう花木なのか何なのかよくわからないぐらいに巨大化した霊宝館の桜を眺めていると、わたしはブルジュ・ハリファのことを思い出すのです、とわけのわからないことをついつい語ってしまう。ブルジュ・ハリファは、縦に長すぎるため、トイレが汲《く》み取り式らしい。あんなに文明！　という顔をしているのに、汲み取り式なのだという事実は、去年でも五本の指に入るスーパー豆知識であった（※二〇一九年の現在については未確認）。だから、ブルジュ・ハリファが文明の粋《すい》を集めて必死になったたって汲み取り式なのに、この桜はただ生きているだけでありながら、それが何百年も前からだということで、このようにもう、何がなんだかわからない様相を呈しています、時の流れにしか成せないことを成しているわけです、ということである。

たとえば、宇宙人が攻めてきて、東京スカイツリーがへし折られたとして、わたしはそれでもなんとか、宇宙人に一矢《いっし》報いようとか、そうでなくてもこっそり生き延びようとかはするかもしれない。しかし、醍醐寺の霊宝館の桜がやられたらもう駄目だと思う。ショックで衰弱死すると思う。

［4月8日　平均的な友人との花見の様子］

友人二人と京都に花見に行く。蹴《け》上《あげ》から北上して、哲学の道へ。蹴上の駅で周辺地図を見ていると、「ねじりまんぽ」なる地名を発見し（トンネルの名前らしい）、Sさん1とほたえる。その間Sさん2は配布物の地図をもらってきてくれる。途中で南禅《なんぜん》寺《じ》に迷い込み、水路《すいろ》閣《かく》で「わたしの好きな二時間ドラマ」というテーマで話をしながら、えんえんと沢口靖子《さわぐちやすこ》のものまねをする。哲学の道はまだ五分咲きぐらいで、花見に誘った身としてふがいなく感じ「もう殴ってくれていい」と投げやりになった。マドンナに似ているママチャリに乗った人を発見し、「ライク・ア・ヴァージン」の曲名の部分だけを歌っていたところ、インド人のような人にバス路線図を見せられ、この地図で言うとどこですかと尋ねられ、答えに窮する。東山《ひがしやま》中学高校が入学式をやっていたので「日曜日なのに入学式なんや！」とびっくりして喚《わめ》いてしまい、すれ違った中学生が小さくうなずいていた。かわいそうに、あんたはどうしてそんなに思考がだだもれなんだ、と咎められ、「だだもれの歌」を作られ、それを歌いながら蹴上駅に帰った。

その後、スマート珈琲に寄ろうとしたものの、行列ができていたので諦め、果たして空席のある喫茶店はあるのかしらと心配しながら木屋町《きやまち》通を歩いていたところ、哲学の道でママチャリに乗っていたマドンナが、我々の横を通り過ぎていったのを目撃する。マドンナが京都の春を満喫してくれていることを願う。その後、喫茶店は三軒回ってやっと空いているところを見つけた。Sさん2が帰宅したあと、Sさん1と高《たか》島屋《しまや》の中原淳一《なかはらじゅんいち》フェアのようなものに寄る。宝の山である。この本欲しいんやけどピーコの文章が添えられてるんよなー、などとえんえんとぼやいていると、しまいに近くにいたおばさんの小笑いがとれた。たぶん一時間ぐらい売り場にいた。もちろん本は買った。

ペラ
ペラ
ペラ
ペラ
ペラ
ペラ

# II　現代のことばについて考える

# ああでもないこうでもないは良くない？

ああでもないこうでもない、という言葉はだいたい実りのない話し合いの様子を称する時に使われていると思う。誰かの提案を、すぐさま誰かが否定する。更に誰かが何かを言う。しかしそれもべつの人間によってはね返される。そういう状態がえんえんと続く。不毛な様子を指している。

でもわたし一人でもああでもないこうでもないなんだよなあ、と最近頭を抱えることがあった。年に三回、映画の感想を書く仕事をしているのだが、それがまさにああでもないこうでもないなのだ。何々でないけれども、何々でもない。「でない」から、書くこと。基本的には、肯定的なニュアンスで使用しているけれども、その先の「どう」というところまで辿り着けなかったのは、自分に対してはとにかく明白なのである。断言を避け、リスクを取ろうとしていないようにも見える。文章を書くことを仕事にしている者として、この態度はちょっと問題があるのではないか。

でもわたしは、確かにこの、ああでもないこうでもない構文を使う時は、強く心を動かされている場合が多い。それは、泣いた、とか、笑った、とか、怒った、といったわかりやすい感情の動きではないのだが、つかみどころがないなりに、消去法で説明しようとしているのである。そういう情動は、物心ついた頃からずっとあった。小説を読んだり、絵を見たりしたときに、笑えるのでも泣けるのでも、幸せでも不幸でもない感覚に触れることが多かった。だから「〜ではなく、〜でもない」と、何かを見た時に感じるのは、自分としてはよくあったことなのだった。

ああでもないこうでもない、という態度は、何かを否定するための方便でない種類のものもあるのではないかと思う。じゃあどうなのか、について考え続ける。性急に、もっともらしい答えを導き出すのではなく、はっきりとは見えない中心の周囲にあるものをじっと眺めて、何が「どう」なのかを考える。小説を書くという作業は、その行為に似たところがある。何か、一言では明確に言い表せない書きたいことがあって、そのことに辿り着くまで、さまざまな道具立てをして、筋道をつけながら書いていく。それは、やたら地道で、そのわりにけっこうふらふらしていて、傍目《はため》にはとてもスマートには映らないものかもしれないが、わたしはとても、「ああでもなくこうでもない」物事を描くのが好きなのだった。一言でかっこよく言い切れないぐずさを、どう芸の限りを尽くして説明するか。それが、わたしにとっての小説を書くことなのだろう。

AはBだ！　と言い切ることは、とても気持ちの良いことである。きっと、賢いことのように思われもするだろう。けれども、ときどきは、ああでもないこうでもない、と考えるのも悪くないのではないかと思う。とりあえず、AはB、とレッテルを貼って問題を片付けたことにしてしまうよりも、もしかしたら、新たな物事の輪郭が見えてくるかもしれない。

# 女の人による「女子」の使い道

メディアの中で、「女子」という言葉が使われることや、分別ざかりの女性が「女子」を自称することに、違和感があったり、逆にしっくりきたりする。たとえば、女性誌の見出しなどで、「女子たるものはこれこれを購入しているべき、これこれという態度であるべき」という表記を見かけると、「買わない、そんな人間にはならない」とかたくなに思う。それでいて、自分にとってつてのある「女子会」が、まさしく「女子会」という気取りのないものであることもよく理解している。実際に「女子会」を自称する集まりもあるし、幹事さんの名前が付いた会もあるし、他の名前の付いていない会では、東宝《とうほう》系列の映画館で催されている「午前十時の映画祭」に、昔の男前を観に行くならわしになっている。どれも女子っぽい様子である。女子っぽいとは、わたしにとっては、持ち物や自分自身の社会的立場の比較対照などといったわずらわしいものにはこだわらない、「わたしはハゲの話をするのがすごく好きだが、ズラを見分けることができない」だとか、「あのゲイの映画監督は、立場をめいっぱい活用して好きなことをやりすぎてはらはらする」などといったどうしようもない話を心置きなく垂れ流せることである。いや違う、主に恋愛の話をしているんだ、という女子会もあるだろうけれども、心置きなくという前提は共通しているはずだ。

女同士は楽しい。本当に、ばかみたいに楽しい。男の人がいたらなぜだか薄められたり、せき止められたりしてしまう、会話への没入度や理解度が、女の人たちだけならいくらでも高められるし、どこまでも深く入っていける。わたしが普段男の人ばかりの会社にいて、コミュニケーションについていろいろと考えるところがあるからかもしれないけれども、気の置けない女の人ばかりで飲み食いしながら喋《しゃべ》るのは、至福のことなのだった。

女の人が「女子」を自称することには、一時的にでも女性であることの荷物を降ろしたいからなのではないか、という論調の記事を読んだことがあって、なるほどとうなずいたことがある。ごく普通に考えると、女性が「女子」であるのは、小学生〜高校生という時期で、何の責任も伴わず、受験だとかスクールカーストに悩まされる一方で、非常に気楽で言いたい放題の態度を取ることができる。これが、社会に出ると、多様に立場や責任が変化し、持ち物や家族や資産を比べあうことになってしまったりする。女の人が「女子」を自称する時には、おそらく、そういったしがらみから逃れて、一時的にでも気楽な言いたい放題状態に戻りたいという気持ちがある。だからわたしなどは、「女子」という言葉を使ってあれをやれこれをやれと言われると、異常なぐらい反発を感じるのだろう。

どの女の人も、一時的に「女子」になって、またそれぞれの責務に戻ってゆく。そこには少なくとも「女子」という言葉が普及していなかった時よりは風通しのよさがあるように思う。

# 妙齢、初老、いい年

女性に年齢を訊いてはいけない、という言葉がある。以前は、存在するのかどうかわからないような実感のない言葉で、それでも、そういうふうに言うんだから気をつけないとなあ、と、実際に同席している女性の年齢が知りたくなったら、「あの、明らかにしたくなければ伏せていただいてけっこうなんですけれども」という前置きをして、年齢を尋ねるようにしていた。そして、二十五歳から六十五歳までの女性（男性でもよい）のことを、一律「妙齢」と呼ぶように、という草の根運動を繰り広げ、自分にもいずれ訪れる「言いたくない年齢」になるまでに、年齢に関するバリアフリーが少しでも浸透することを願っていたりしたものだった。今もその訊き方や気持ちは変わらないのだけれども、自分が遠慮されたりしそうな年齢（※この文を書いた時点でもうすぐ三十四歳だった）になってきて、これはけっこう、思ったよりややこしい問題なのではないかなあ、と考えている。

最近、同《おな》い年の友人二人に別々に会ったのだが、片方の友人は、前回のわたしとの待ち合わせ場所を忘れていたことに関して、「もう初老やしな」と断言し、もう一人の同い年の友人にその話をすると、「初老とかやめてよ！」と強く拒まれた。ちなみに、二人の友人の間において、見た目やものの考え方に、大きな違いがあるわけではない。ただ、「初老」という言葉を使うことに抵抗があるかないか、という点においては違っている。「初老」という言葉で、自分の物忘れをいい具合に流した友人が言うのは、だって昔の人やったら、三十四とか全然初老やろう、とのことで、わたしもこの先、めんどくさい、覚えていなくてもいいようなことを覚えていませんでした、と認めなければいけない機会があったら、「初老なんで」と言おうと思っている。

そんなずるい人間にも恐れている言葉があって、それは「いい年」である。言い逃れで加齢を引き受けることは歓迎するのだが、ちゃんとしていて然《しか》るべし、という意味で年齢と向き合うことに対しては、ずっと緊張している。「初老なんで」が緩和の言葉なら、「いい年して」は緊張の言葉である。冒頭の、「女の人に年を訊いてはいけない」という物言いの根っこには、もしかしたらこの緊張も含まれているのかもしれない。

実際になってみるとわかってくるのだが、「いい年」という言葉を背負うことはけっこうしんどい。自分の「いい年」ぶりに対して萎縮《いしゅく》してしまうのだ。ただ、本当に「いい年」なりの賢さを身に付けているなと思えることもあって、一概に逃げたい言葉というわけでもない。何かややこしいことをさらっとやってのけて、「いや、いい年なんで」といなすようなことをやってみたい、とも思う。

年をとると言うことは、その年相応であることと同時に、それまで経てきた年齢のすべてを内包するということなのではないか、と最近は考えている。だからある年齢の人間は、その年の人間でありながら、子どもでもあるし、若くもあるし、その年頃に大人になることを自分に強いたのなら、充分に大人でもあるということになる。子どものようであることと、大人のようであることを同時に想像する。そのことの輪郭が、以前より鮮明になってきたなと感じる年こそが、その人なりの「いい年」なのではないかと、今は考えている。

# あきらめた事実は永遠に残る

「苦しさはやがて消える。あきらめた事実は永遠に残る」という名言がある。ツール・ド・フランス七連覇のランス・アームストロング（のちにドーピング疑惑により剝奪）によるものである。大変的《まと》を射た、厳しくも希望のある言葉であり、自転車競技に限らず、人生のあらゆる側面で輝く至言であると思う。わたしも、今年に入って、この言葉を何度思い出したかわからない。主に歯医者で。

去年の十月に、精神的肉体的疲労が何らかの天井を突き破ったのか、神経を抜いた奥歯の歯茎《はぐき》が腫《は》れ始めた。舌で触ると、まるいものが妙にぷりぷりしている。鈍痛がする。親知らずは抜いているので、親知らずのせいにはできない、という逃げ場なしの状況の中、これは膿《うみ》だろうな、うん、と思いながら、痛み止めを飲んだりして冷静ぶって過ごしていたら、やがて腫れは予想通り膿を排出し、なんとなくのうちにひいていった。釈然としない登場、退場であった。そのことがずっと気にかかっていたのだが、年内は、忙しいから、とか、疲れているから、と難癖をつけて、歯医者に行くことを怠《おこた》っていた。スケジュール帳には「歯医者に行くこと」と至るところに書いていたにもかかわらず。いや、むしろ、書くだけで満足していたのかもしれない。思えば、こんなに気にかけているからいつか行くだろうと、自分を偽っているだけだった。

それで、年が明けると一念発起して、歯医者に予約を入れた。神経を抜いた歯の被せ物を除去し、中の根管《こんかん》を診てもらうことになったのだ。根管とは、歯の神経が収まっていた管のような部分のことを言う。よくいう、根の治療、というものである。奥歯の被せ物は、自覚できているだけでも巨大で、これを取るとか無理だろう、どれだけ口を開けていないといけないんだよ、という自問で、治療していなかった頃はおかしくなりそうだったのだが、とにかく治療を始めてからは、少し気が楽になった。

治療自体は難しいもので、歯医者さんによる、「とても不安定な状態」だとか「これが治療の最後のチャンスだったかもしれない」だとか「完全に治るという保証はない」という心揺さぶる言葉に気を失いそうになりつつ、最善を尽くそうとしてくれる歯医者さんの治療に口腔《こうくう》を委ねながら、ずっと冒頭の言葉を考えていた。この時間は永遠ではない、この大掛かりなダム工事が口の中に移されて進行しているような状況は、じっとしていればいつか終わる、などと。

何度かの仮詰めと様子見を経て、二ヵ月治療を続けたわたしの奥歯には、再度金属を被せる目処《めど》が立ってきた。とても慎重な治療だったと思う。厳しかった歯医者さんの表情も、少し和《やわ》らいできたような気がする。わたしはいろいろな人を簡単に応援するけれども、今年に入ってからいちばん応援した人は、確実に歯医者さんであったと言える。わたしにとっての歯の治療は、「苦しさはやがて消える。あきらめた事実は永遠に残る」というものでした、と述べると、歯医者さんは変な顔をするだろうか。全力の感謝を表現する言葉を、治療が終わるまでに考えておく。

# なんでも言い合えるっていい？

なんでも言い合える関係がいい、ということになったのは、いったいいつからなんだろうか。小学校で教わるんだろうか。たとえば、女の子たちがあまりにも誰かの陰口を言って、クラス内でのまつりごとを行おうとするから、という理由で、先生が暗にそれを批判して学級会で言ったような気もしてくるのだが、正確にどの年齢から、というのは出てこない。それでも、「なんでも言い合える関係」の美徳は、様々な人の心に根付いているものだと思う。特に、女の人の間にその信仰は根深い。「オープンであること」の象徴のようでもある。

もちろんわたしにも、そういうところはある。相談事というものには、ただアドバイスを乞《こ》う、少し込み入った話を聞いてもらう、ということ以外の作用があって、相談された側が、相談した側から「あなたは信頼できる人だとわたしは思っているんですよ」と認識してもらっている、という精神的な報酬を受け取る行為も、その中に含まれている。「信頼できる人」だと思われることは悪くない。だから、あるタイプの人は、簡単に人の相談に乗ってしまう。

わたしがそうなのだった。細かくは書かないけれども、わたしは本当に簡単に人の心配をする。実はわたしのほうが物事を重く捉えていて、「あれはどうなったの？」と恐る恐る本人に訊いたら、それは解決済みのことだけど？　と実に簡単に答えられてしまうことがけっこうある。

対照的に、なんでも言う人、という人種も存在する。小さいことも大きいことも、あらゆる物事を自分の胸にしまっておけない、それが風化することを待てない、せっかちな人たちである。彼らが、人の話をよく聞く人と出会ったら、一つの永久機関ができあがる。ただ、後者にばかり負担がかかるという罠《わな》があるけれども。

「なんでも言い合える関係を維持する能力」よりも、「言うべきことと言わないでいるべきことをより分けられる能力」のほうが重要なのではないか、と最近思うようになった。それを一歩進めて、打ち明けるべきことの少ない日々を送るよう心がけるのも、良いことなのではないかと思う。打ち明ける側の勇気は取り沙汰されても、打ち明けられる側の忍耐に光が当たることは少ない。よほどの非常識なことでない限り、打ち明けられる側は、打ち明けられたことの受容を強いられている。わたしが十代の頃、母親が子宮筋腫《しきゅうきんしゅ》を患っていたことを隠していたという話を思い出した。だいぶ大人になってから、母親は、今とは完全に関係のない過去のこととして、その話をわたしに告げた。「その時に言って欲しかった」と反論しながらも、わたしにはわかっていた。それは母親の思いやりだったのだった。

# 先生と大人同士

縁があって、中学時代に教わった先生ばかりが集まる飲み会に参加してきた。まとまった話をする機会は実に二十年ぶりだった。二十年前の自分で止まっている人に会うということはやはり緊張する。中学の時の自分はひどかったなあ、という自覚があるからだ。

さっそくその手の話が、中三の時の国語の先生から出てきた。「国語係」なるものだったというわたしは、ある文章について勉強していた時に、国語の先生に「先生、これつまらないと思いながら授業してるでしょう？　わかりますよ」などとぬかしていたらしい。なんという知ったかぶりだろうか。死ぬほど恥ずかしい。救いは、その先生が実際に、つまらないなあと思いながら教えていたということを明かしてくれたぐらいである。

その女の国語の先生は、自分が生活の中で遭遇する様々な困難や生きづらさについて話しながら、「わたし更年期《こうねんき》だから！」と、すべて更年期のせいにしていたのだが、それがなぜだか強烈に清々《すがすが》しく、心に残っている。わたしは、母親をはじめ、わりと更年期の人と過去に接したり、接することが多いのだが、だいたいは「更年期、ないわよ？　辛くないわよ」と言いながら、ものすごく怖い人になるということを経験している。なんというか、腫れ物になってしまう人がけっこういた。だから、「更年期だから！」と自分の立場を表明してくれることは、とてもいいことだと思ったのだった。自分もまねしようと決めた。

もちろん更年期についてに限らず、いろいろな相談に乗ってもらった。基本的には、先生たちは好き勝手に飲んで喋っていたのだが、その中にあって繰り出される「こうしたらいいよ」という一言には、うまく言えないのだがパンチがあった。具体的で、押し付けがましくなかった。これはもう、「相談に乗る」ということが職業の要素の一つになっているからなのかもしれない。人生の先輩、という言葉を、強く感じた夜なのだった。先生たちはわたしより二十前後は上なのだが、親や会社の人にはない気安さがある。もっと話しておけば、頼っておけばよかったなあと思う。今こそいちばん「先生」と感じているようなところがある。わたしは、精神構造が幼く、常に自分の好きなことに夢中で、対外的にどう見られるか、どうかまってもらえるのかについて疎《うと》かったから、うるさいけどあまり手の掛かる生徒ではなかったと思う。でもちょっと、手の掛かる生徒でもよかったと感じた。

先生たちの、わたしたちの学年を送り出して以降の話を聞きながら、自分もまた、大人になったのかとぼんやり理解した。義務にまみれて逃げ出したい朝が続くけれども、なら中学生のままでいたかったかというとそうでもなくて、大人になって、先生の話を聞けるようになったことを歓迎しようと思ったのだった。定形ができているようでやはり不定形だったやりにくい中学生の頃に、根気よくその土台を作ってくれた先生たちに、改めて感謝したい。

# 作文をする職場

言葉というものには、個々人の使いぐせのようなものがありまして、と一般化してしまうのもどうかと思うが、わたしに限って言うと、何度も同じ言葉や言い回しを使ってしまう傾向がある。最近ひどかった例を挙げると、一ページの中に、「なんとなく」と五回書いていたことがあったし、原稿用紙二枚ほどの文章の中に、「AだがBである」と展開する文を四つも作っていた。わたしは、恥ずかしい、恥ずかしい、と心の中で呟《つぶや》きながら、それらを訂正する。そういえばわたしは、「とりあえず」もよく使ってしまうんだった。「なんとなく」「とりあえず」って自分の性格を表しているような気がする……、「AだがBである」もあまりよくない。文章以前に性格をなおさなければならないのか……。

わたしの頭の中の、書きたいことについて作文をする部分と、その作文を、よりエラーの少ない洗練されたものにしてゆく部分、すなわち、同じ言葉や構文を繰り返していないかとチェックする部分は、どうも違っているように思う。いや、頭の中の作文ソフトが優れている人は、それらの部分を同時に立ち上げて使用することができるのだろうけれども、私は一つ一つしか使えないシングルタスク型のようで、ゲラ（文章のデータを紙面と同じレイアウトに流し込んだもの）を見返しながら、毎回恥ずかしい思いをする。下手《へた》な文章を編集者さんとなおしていく作業は、とてもふがいないもので、慣れるまでかなりの時間がかかった。そこでもう、なかったことのように振る舞うとか、あまりにもあまりなことは自虐《じぎゃく》ネタにしてしまうとか、いろいろな逃げ道をつくってやることには、無駄に熟達してきたと思う。この文章だって、その一種である。

また、同時に、作文をする自分をうまくのせていかなければならないことも、頭の痛い問題である。文章を書くことは、自転車やエアコンの運転にも似て、とにかく走りだすこと、起動することに大きなエネルギーを使い、ある大きな流れのようなものに乗せれば、ある程度の量までは書くことができる。しかし、そこに心を任せている自分は、「なんとなく」とか「とりあえず」を乱発する。由々《ゆゆ》しき事態である。

文章は誰にでも書けるけれども、自分でうまいへたがわかりにくい技能でもある。

新人賞をいただいて、一応プロのような立場になって数年たつのだが、いまだ自分で自分の文章を信じられない。三回ぐらい見なおして、よし、と思っていた文章でも、四回目でおかしな部分がみつかる場合が多々ある。幸い、「なんとなく」は校正さんによって指摘してもらえるのだが、「〜だが、〜である」という構文や、作品をまたいで多出している言い回しまでは、校正さんも立ち入ってこられない。あーまたやってるよ、とぶつぶつ言いながら仕事をする校正係の自分が、仕事のあと、思いあがんなよ、と作文係の自分の頭をはたく。自分作業所は軋轢の日々である。

# 心を動かすたとえ話

随筆では、基本的に書評などで取り扱った本については書かないように決めているのだが、人の心を動かす「ことば」をとても上手に使っている本を読んだので、内容自体とはべつに、本の中の言葉そのものに焦点を絞って書こうと思う。

『わたしの外国語学習法』(ロンブ・カトー著　米原万里訳　ちくま学芸文庫刊)とは、一九三〇年代に就労年齢となった物理と化学の修士号を持つハンガリー人女性ロンブ・カトーさんが、不況のため理系の仕事にはつけなかったので、食べていくために英語を身に付け、その後、自らの外国語学習を愛する心と職業的な志において、十四のヨーロッパ系言語と中国語、日本語を、最低でも翻訳はできるところまでマスターした、という、嘘《うそ》のような話を実現した学習法と、自らの同時通訳という仕事について語ったとてもおもしろい本である。

ロンブさんの学習法の興味深さや実用性もすばらしいのだが、わたしは、ロンブさんの文章を書く力、特に名人芸のような楽しい比喩《ひゆ》に感嘆した。ロンブさんは、「単語を覚える時は、グループごと覚えましょう」ということを「書き出してゆくすべての単語に、必ず〈茂み〉とか〈家族〉を添えてやります」という言い方をする。「〈茂み〉を作って単語を〈家族〉ごと撃ち抜く」のである。「文章を精査する」ことを「文章を〈耕す〉」と言う。他にも、説得力と身体性を備えた、さまざまな外国語学習に関するたとえが登場する。

わたしは、彼女の言葉の力につられるように、少しの間やめていたスペイン語の自習を再開した。茂みを作りたい、耕したい、と思ったのである。優れた比喩の一つが、人の気持ちをひっくり返してしまう、ひっくり返すという表現が大げさならば、するりときれいな色のカバーを掛けて気分を変えさせてしまう。言葉の効用の一つだなあと思った。

このようにロンブさんは、自分が外国語学習をしている時の楽しさを非常にうまく言い換える。それがあまりにうまいので、自分もやってみたい、と簡単に思わせる。それは、このやり方だとこんなに効果が上がる！　という胡散臭《うさんくさ》い教材の説明に似て、大いに非なる。ロンブさんは、「金は見返りを求めるもの、書物は鉛筆を好むもの」ということわざ風にいうように、決して、無料で、らくちんで、などとは言わないが、「努力してみよう」という気分にさせる。「できるよ！」といわれてその気になるより、人にこう思わせることは難しい。

言葉は魔法だ、とする。わたしはこんな言い方は嫌いだけれども、言葉は、心が開く方向を変えるある種の力を持っている。言葉を与えられることによって行動が決まる、という不思議さ。単なる言葉でしかないものが、具体的な動機に変化する。言語学習の興味深さとともに、言葉を持つという精神的基礎の大切さ、世界を自分の言葉で解釈できるということの強さを思い知った一冊だった。

# 「味わい深い」のふところ

それぞれに尺度があるので、一概に一般的なこととしては語れないのだが、「速い」とか「大きい」といった、数値化と隣り合わせのような、プラスもマイナスもない状態を表す形容詞ではなく、「美しい」とか「賢い」とか「偉い」といった、特に数字に出ることはないけれどもプラスのニュアンスを持った形容詞にも、なんだかんだで点数に換算できるようなところがあると思う。なんというか、誰から見てもそう認識できる、という状態を、実際にそれを見たりさわったりしていない人にも、確実に伝えられる言葉というか。明確に基準があって、それをどのぐらい満たしているか、という度合いで、その点数も決まりそうに思える。

もうすぐ三十五歳になるのだが、けっこう年を重ねてきたせいか、自分の「良い」と世の中の「良い」は、同じ時もあるけど違う時もあるな、ということがわかってきた。たとえば、蘭《らん》が美しいことは知っているが、個人的には世の中にあってもなくても良い、とか、カエサルがえらい人なのは認知しているが、別に尊敬はしてない、というような。

そういうわけで、わたしの好きな形容詞は、「味わい深い」なのだった。いろいろなものを誉《ほ》める時に、だいたい「ううむ味わい深い」と思ってしまうので、文字にして伝える時に、手を替え品を替えけっこう苦労する。「おもしろい」でもいいのだが、もしかしたら、伝える相手はそれをおもしろいと感じないかもしれない、押し付けがましくはなりたくない、という遠慮があって、「味わい深い」と表現するようにする。味覚という、口の中のことが由来している言葉なので、とても個人的な感覚を表す言葉だと思う。そして、個人的ゆえに、あまり他人の同意を必要とせず、中庸《ちゅうよう》なようにも思える。「良い」には「悪い」が、「きれい」には「汚い」が表裏に付きまとい、マイナスの側には断罪のイメージさえ伴うが、「味わい深い」の対義語といえる「味けない」には、「ま、ひとそれぞれですが」とでもいうような、気持ちの共有を強いない控えめさがあって、そちらも好きである。

「味わい深い」は、数値化したらプラスになる物事だけを良しとする傾向に風穴をあける言葉でもあるように思う。「かわいい」にもその力はあって、よりメジャーなのだが、「味わい深い」には、それを上回る懐《ふところ》の深さがある。たとえば、「あの立体交差はいいよね」というような心持ちは、「味わい深い」だと思うのだ。良いとも悪いとも言えない人物や物事の、えもいえぬ惹《ひ》きつけてくる感じを言葉にすることが本当に上手だったナンシー関《せき》氏の文章にも、「味わい深い」はよく出てくる。「ダイヤモンドは高価できれい」みたいな誰にでもわかる良さもいいけれども、「工事現場にあった重機の紫色が好き」という思いは、何の社会的なしがらみもない分、本能に近い。「味」もまた、理屈ではなく本能で感じるものである。

ちなみに先ほど、「あじわい」を辞書で引いたら、「おもむき」「妙味」と説明されていた。両方知ってはいるけれども、引き出しの前の方にはない言葉である。昔買ったはずなのだけど見つからなかった手芸資材が出てきたような気持ちになった。

# 午前四時半のくしゃみ

くしゃみと噂の関係にまつわる迷信をご存じだろうか。わたしが知っているのは、一回すると良い噂、二回すると悪い噂、三回するとそれはもう風邪《かぜ》、というものだ。これには、諸説あって、昔職場の先輩にこの話をしたところ、一回は噂で、二回目からはすでに風邪であると認識している、と言われた。調べてみると、他にも、一回では特に何もなくて、二回だと良い噂、三回だと悪い噂、四回だと風邪、五回だと花粉症……などという説もあるし、いろいろである。どれがいちばん信憑性《しんぴょうせい》があるのだろう、などと考えこんでしまうけれども、どれがというか、おそらくすべてでたらめである。

などと冷静なふりをして書いているが、わたしの中ではこの言い伝えが、決して動かせないお触れ書のように刺さっていて、未だに、くしゃみをするたびに一回で終わればいいのにと切に願う。ものすごく、悪い噂を恐れているのである。それは、わたしが極端に外面《そとづら》を気にする人間である、というわけではなくて（気にしてもいつも繕《つくろ》い切れないので諦めている）、陰口にまみれた、油断のならない学童期を送ったことに起因するのだと思う。大人になれば、いや、陰口ですんでるんだったらまだ良心的な方だわ、面と向かって悪態《あくたい》をつく人のほうがヤバいもの、などと思うようになるのだが、子供の頃の陰口は、欠席裁判のようなものだった。陰口が、次の日のその集団の仲間外れを決定したりするという、困った力を持っていた。大人になっても外面を繕えない人間が、子供時代はどうだったかなど想像に難《かた》くないだろう。詳しくは書かないけれども、そういう理由もあって、わたしは「くしゃみ二回」を激しく恐れているのだと思う。

「くしゃみ二回」の具体的な対策は、エアくしゃみというか、くしゃみに似せた動作をでっちあげて、「くしゃみ三回」を装うことである。悪い噂を立てられるぐらいなら、風邪をひいたほうがまし、という算段である。風邪を引いてたら明日学校を休めるかもしれないしな。けれども、さすがに最近は図太《ずぶと》くなって、そりゃ大人だもの、悪い噂の一つや二つはたっても仕方がない、と開き直るようになってきた。そのうち、いちいち開き直ることすらしなくなるだろう。わたしは、迷信から解放されつつあるのかもしれない。

けれどもその一方で、不思議な幸福感も味わったことがある。先日、仕事の休憩時間に自宅台所で、ものすごく大きいくしゃみをした。わたしは少しの間、戦々恐々としながら、次回がこみ上げるのをじっと待ったけれども、二度目はなかった。その時の風景を妙に覚えている。わたしは窓際に立って、夜が明ける前の闇をじっと眺めていた。それは真っ黒ではなく、目を凝《こ》らして見ると、暗い紫色をしているように見える。

時計は四時半を指していた。誰かが、早朝と真夜中の間のこの時間に、わたしをよく思ってくれている。午前四時半に読まれ、いいな、と思われる本。わたしはそれこそを目指しているような気がして、それはそれはうれしかったのだった。

# 働いて食べて活きる

去年（二〇一二年）の六月に会社をやめてから、約一年になる。もうなのか、と思うし、まだ慣れない感じもする。ときどき、自分は自営業者なのか、とはっとすることがある。勤め人と文筆業を兼業していた以前は、仕事に疲弊してくると、ええいもうどっちかやめてやる、と会社にでもなく書く仕事にでもなく漠然《ばくぜん》と考えて気晴らしをしていたのだが、今はそうはいかない。もうそんなにはたやすく、やめてやるとは思えないのだ。そのことが、いまだに妙で仕方がないし、すごく残念な気もする。

身体も大変になってきたし、いろいろな事情（健康保険や年金など）もあるけれども、どれかを諦める時期が来たのかも、という判断で会社をやめたのだけれども、最近読んだ世界の貧困に関する本によると、多くの貧しい人が子供に望む仕事が「公務員」か「教師」か「企業の事務員」であり、彼らが自営業を始める場合は、大抵「職がなくて仕方なく」という動機からなのだそうで、そういう記述を読むと、これでよかったのだろうか、と悩んでしまう。

しかし同時に、そういう価値観とは真逆の言葉もいくつか耳にした。それは、この半年ほどの間作業にかかっている小説に関する取材に協力してくださった、小規模なカフェの店主さんたちからのものだ。みな三年以上継続してお店を維持している店主さんたちは全員女性で、それぞれに表現は違うものの、自分たちの仕事に満足以上のやりがいを感じており、困難はあれども、続けていきたいと話してくれた。中でも、パン屋さんの店主さんが話していた「パンを作りながら生きていることが（自分にとっての）暮らすことです」というお話が象徴的だったと思う。彼女たちと比べて自分は何か、もっと漫然と仕事をしているな、と反省を促された。

前述の本を読んでいると、自分が常に書きたいと思っている「給料や立場を超えた、労働の隙間の興味深さ」なんていう主題は甘いもので、働くことはただ食べていくためのものであると思い知らされる。しかし、店主さんたちへの取材メモを読み返すにつけ、働くことは生きていくことの在り方そのものと深く結びついているとも確信できる。おそらくは「食べるため」も「生きるため」も真実なのだろう。「食べるため」だけでは、人から働く意欲を最大限に引き出すことは不可能だろうし、「活《い》きるため」とも書き換えられそうな「生きるため」の仕事は、なかなか食べさせてはくれないかもしれない。しかし逆に、「食べるため」故に割り切れることが、「活きるため」では不足に感じる状況もあるかもしれない。「食べるため」から少しずつ距離を置くごとに、労働観は洗練され、複雑になってゆく。

しかしただ、「働いた」という実感の後にやってくる解放感や充実感の喜びは、どちらも同じなのではないかと思った。今日も働いた（書いた）、と思いながら、椅子から立ち上がる。あの瞬間こそが、労働の恩寵《おんちょう》なのかもしれない。「食べるため」と「活きるため」は、それを間に挟《はさ》んで綱を引き合っている。その真ん中をしっかり摑んで、明日も働いていけますように、と切に願う。

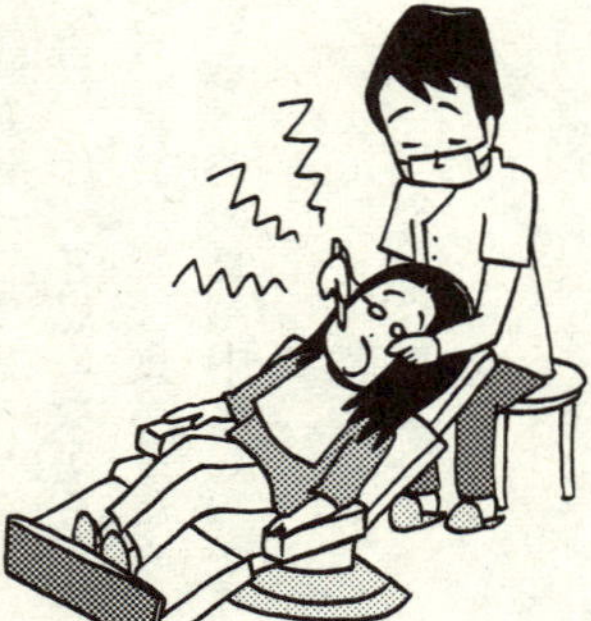

# III

# 溺れる乗客は藁をもつかむ

## お菓子の行列の足元

スイーツという言葉が口に馴染んでいないほうだ。スイーツ（笑）という言葉がずっと前にはやったから意識的に避けているわけでもなく、とにかく馴染みがない。お菓子はお菓子だ。ドーナツはドーナツだし、バームクーヘンはバームクーヘンだ。ドーナツを食べたい時にスイーツを食べたいとは思わないし、スコーンを買ってきた時に、ちょっとスイーツを買ってきたとは言わない。スイーツという異様な広範囲をフォローする言葉には何か、その菓子本来の実力を覆《おお》い隠してしまうベールのような作用がある。

そのくせ、グリコのいちごポッキーのことはスイーツとは言わないし、ブルボンのバームロールのことも、ロッテのチョコパイのことも、スイーツと言っている人は見たことがない。スーパーで特価で売られているものはスイーツではないのだろうか。

どれも優秀なお菓子なのに。スイーツ選民主義なのか。

だからつまりなんというか、わたし自身はスイーツ（笑）なのかもしれないし、甘いものは好きなのだけど、強烈な思い入れみたいなものがない。値のはるものを一口のために無理して買うこともないし、行列に並ぶこともない。特に、十五分ぐらいで食べ終わるものに五百円を出すことはあっても、行列に並ぶことはない。十分待つのでもいやだし、三十分以上になるともってのほかである。

行列に並ばなければいけないほど、オール・オア・ナッシングなお菓子を、思いつくことができない。目当てのお菓子が駄目だったら、その近くのパン屋でメロンパンでも買って帰ればよい。

しかし、そんな一個人の意見などどうでもよく、大阪梅田の地下街には、お菓子を購入するためのものすごい行列があった。さる百貨店の、ンパパ（いろいろ細かいことを書くので仮名にします）というお菓子を売る、ラ・フェリア・デ・ンパパ（こちらも仮名）という店には、いつも行列ができていた（この文章を書いた二〇一〇年ごろ。今はそれほどでもないかもしれない。以降は現在形で話します）。

わたしはほぼ毎日その百貨店の前を通るのだが、かならずンパパの行列がある。毎回どのぐらい並んでいるのか、行列の後方に置いてある表示板を見るようにしているのだが、平日の十七時台という微妙な時間帯でも、待ち時間が四十分以下であったためしがない。ほとんど毎日が一時間待ちである。ンパパ購入希望者の行列は、わたしが意識し始めてからもう半年以上絶え間なくあるので、一時的なブームではないようである。

一時間というのは長い。個人的なことを言うなら、原稿用紙二枚ならなんとか埋められる時間であるし、特急に乗れば梅田から京都まで出られる。標準的なアーティストのアルバムなら一枚聴き通すことができる。そんなことを考えつつ、当初は、横を素通りするだけだったのだが、あまりにも毎度毎度見かけるということと、どうにも行列がおとなしいという理由で、その行列を観察しては、その様子を昼休みに同僚に話すことが趣味になってしまった。

行列のイメージというと、どんなものだろうか。交通機関を待つだとか、映画の席予約のためだとか、野外フェスでトイレにいくためだとか、そういった必要以上の行列には絶対に進んで並ばないわたし程度が知っている行列というものは、たいてい、おばちゃん同士がしゃべりあってざわざわしてたり、発売するゲームとか本のコスプレをしてる人がいたり、列の見回りに来た係員にキレたりする血気盛んな人がいたりする。だいたい全部テレビで見たイメージである。しかし、ンパパの行列は物静かなのだった。ほとんど、沈黙こそがアイデンティティという具合に、列を乱さず、静かに、ところどころふきっさらしの地下街を粛々と進んでゆく。そう、粛々《しゅくしゅく》としているのである。それも毎日毎日。個人の集まりの行列ではなく、行列という現象の細胞が個人であるという具合に、列は乱れず、でかい声でしゃべることもなく、係員にもキレない。もちろんコスプレをしている人などいない。行列に並んでいる人の服装は、どちらかというとかなりコンサバティブな様子だ。休日になると二時間の長さにも及ぶというその行列を毎日眺めながら、わたしは、その静けさに疑問を持つようになった。

実は、結構早い時期にンパパを食べたことはある。会社の人にもらったのだ。まあおいしいのはおいしい。でもあの行列に並んでまでほしいものではない、という、すごくふつうの結論に達していた。

もらえるもんならうれしい。でもそれは、行列に並んだものをもらおうとそうでなかろうとあんまり関係ないことだ。少なくともわたしには。

ラ・フエリア・デ・ンパパが行列に並ぶ人に渡す、ペラ一枚のカタログのようなものには「日々のおやつに、親しい方への贈り物としてお選びください」とある。しかし、日々のおやつなら平日に一時間も並んで買わなくてもいいし、贈答品にするとしても、行列に並んだか並ばないかでもらうものをランク付けしているような人間がいたりしたら、そんな人とはどう考えても切れた方がいい。一時間並んで買ったンパパを贈答する人は、確かに贈答業界のエリートだと思われるが、どこにそんな業界があるのだ。わたしだってその業界に入って贈答されたいぜ。

などと悶々《もんもん》と自問していても仕方がないので、行列嫌いなのだが行列に並んでみた。三月十日、小雨の降る日だった。行列はいつもよりも進みが悪いようで、わたしは前から数えてちょうど百人のところに並んだ。スーツを着た係員のお兄ちゃんが、一時間待ちですぅ、となんかフェミニンに言いながら行列の周りをうろうろしている。行列に並ぶ前に、ざっと店の様子を見てきたのだが、雨なので、紙袋をビニールで梱包するのに手間取っている様子だった。

店から行列の後方に移動する時に、連れ合いがいる人がいったいどのぐらいいるのかも数えたのだが、二組ほどしかいなかった。他の人はすべて、一人で行列に並んでいるのである。これから一時間あまり、一人の人はいったいどうやって時間を潰すのか、と前方を三列分、後方十列分ほどの周囲を見回したものの、雑誌を読んでいる初老の男性が一人、DSをしている中年の男性が一人、資格参考書を読んでいる女性、自己啓発書っぽいものを読んでいる女性がいただけで、他はほとんど、たまに携帯を開いてメールを打つか、もしくは何もせずにじっと待っているだけだった。

早くも十五分で行列に並ぶことに飽《あ》きてしまったわたしには、頭の中で、加藤《かとう》みどりが繰り返し「何ということでしょう」と言っているような事態だった。あまりにも暇なので、通りすがりの若者が「何この行列ー」と吐き捨てていくのを眺めながら、もっとひどく嘲《あざけ》ってくれ、と願いさえした。

やたら前後をじろじろ覗《のぞ》き込んだり、おおっぴらに携帯にメモをしたりしながら待っていたのだが、誰にも咎《とが》められなかった。四列後ろの男性と三列後ろの女性が、振り向く度に嫌そうな顔をするので、なんだか安心したほどだ。そのぐらい、皆お行儀がいいのである。

やがて、フェミニンなお兄ちゃんが、更に遅れますぅ、という連絡をしにやってきたので、わたしはここぞとばかりに、なんでなんですかっ！　と権利意識が強い大阪人を演じて食って掛かったのだが、お兄ちゃんは、大量買いのお客様が多くてぇ、とのらりくらりと返答するばかりだった。雨だからってのもありますか？　と訊くと、そうですねぇ、雨カバンをお付けしているのもありますねぇ、とお兄ちゃんは快く同意する。まあここで、違うよこの素人、と言ってもお兄ちゃんの得にはならないからなのかもしれないけれど。

行列の終盤には、蛮勇《ばんゆう》を奮って隣の男性に話しかけてもみた。変な顔をされるだろう、という大方の予想を裏切って、三十代半ばと思しき男性は、行列に並ぶのが三回目であることと、今日は会社のおつかいで来ているのだということと、チョコレート掛けンパパは甘すぎるのだが、プレーンンパパはバターがしみこんでいて大変好きであるというようなことを快く話してくれた。

プレーンンパパの話をする男性は、とても幸福そうな良い顔をしていた。男性からしたらいい迷惑だったかもしれないが、わたし自身は、人と喋ることによって行列の終盤はとても気楽に過ごせたので、行列を乗り切る方法は、隣の人に話しかけることなのではないかと今も考えている。

行列係のお兄ちゃんから遅延の連絡が入っていたものの、ンパパはわたしが列に並んでからちょうど一時間後に購入できた。店の中には店員が十人ほどいた。十人で百人を一時間でさばいたわけである。何か嘘くさい数字でいやなのだが、本当のことである。

行列のお兄ちゃんの言うとおり、大量購入者が多いようで、わたしの後ろの女性は、チョコレート掛けンパパ十枚入りを八袋だか十袋だか買っていた。職場だとか友達に撒《ま》くのだろうか。

その後、行列に疲弊しきっていたわたしは、ホワイティうめだの隅の「福島《ふくしま》上等カレー」に走って行き、カツカレーを注文して自分を労った。カツカレーは五分以内に来た。頭がぼんやりするほどうまかった。

実際に並んでみて、そして購入したンパパを毎日のように食べてみて、やはり商品そのもの以上に、行列によって演出された付加価値を求める気持ちが、あの行列を作っているのは確かだと感じた。

今回この原稿を書くにあたって、七人の大阪在住のさまざまな年齢に分布する女性に聞き取りをしてみたところ、そのうち五人が、何らかの機会があってンパパを口にしたことはあるが、並んでまで買うものだとは思わないと答えていた。ンパパの味自体の実力がそのぐらいのものならば、ンパパを求める気持ちの根拠の大きな部分は、「行列」という要素に占められていると考えられる。

行列に付加価値を感じるかどうかが基準だから、その価値観の輪は閉じているし、行列自体も従順な集団になる。そりゃ外側から見てわからんと感じるわけだ。

行列が行列を呼ぶのである。行列に並んだから大量買いをする。それで列の進行が遅れて更に行列になる。また大量買いに抵抗を持つような価格でもないのだ。よくできている。

チョコレート掛けンパパ十枚入りが735円なら、一枚73・5円である。ラ・フェリア・デ・ンパパは百年の歴史を持っているそうなのだが、まるで高額化する「スイーツ」への下克上のように感じる。いまどきの「スイーツ」で一個単価70円台のものなどない。

ない。思いつかない。マカロン？　マカロンてなんなんだ。「マカロンはなんであんなに小さいのに　どうして320円とか　するのかな」と相田《あいだ》みつをに一筆書いて欲しかったぐらいだ。

わたしは未だ、マカロンのあの小ささと値段に和解していない。会社の女性も和解していなかった。いくらうまいと言われても、いくら色鉛筆か！　というほどカラフルにされても、値の張るマカロンを見るとちょっと首を傾げる。口の中に入れて三十秒で消えてしまうキャラメルだってそうだ。

「スイーツ」からの足元の見られ方が変化したのではないかと思った。行列に並ぶか金を出すか。どういう足元の見られ方をしたいか選べと言われているような。わたしは、できればどちらもお断りしたいのだけど、そうじゃない人も世の中にはたくさんいるようだ。

# 正しい死に方なんて誰も知らない

「無縁死」という言葉を覚えたのは一月末（二〇一〇年）のNHKスペシャル（『無縁社会～〝無縁死〟3万2千人の衝撃～』）でのことだった。亡くなったときに身元がわからず、引き取り手もない遺体となってしまう死のことを、このように言うそうだ。新聞のテレビ欄で番組のことが紹介されていて、自分にも関係のあることのような気がしたので視聴した。

もちろんひとごとではなかったのだが、演出過多な印象も受けた。母親の介護で婚期を見送ったおばあさんの食卓を、なぜ、そんなふうに電気のついていない別の部屋から、斜め下のアングルで撮るの？　という具合に。老女一人の食卓で、ごはんをおいしいと思うことなどあり得ないとでも言いたげな場面だった。

とても良い番組だったし、重要な問題提起はされているとは思ったものの、自分の胸のつかえもあり、他の人がどう考えているのか知りたかったので、その次の日は、番組について書いているブログなどを見に行ったり、このことを人に話したりもした。だいたいどの人も、他人事《ひとごと》ではないという論調で、結婚したいと思ったり、自分の行く末を見るようだと思ったり、というか確実にこうなると思ったり、政治が悪いなどと各々に感想を抱いたようだ。

わたしはまあ、もやもやしたものだった。

番組の演出にストレスを抱えながら、しかし、他人事ではないという思いに少なからずうろたえ、でもまあここまでにはならないんじゃないの、と誰かに論理的に言ってほしかったのだ。がしかし、特に拠り所になるような物言いを収集することはできなかった。

そういうわけで、それからはずっと、起きている間の五パーセントぐらいは無縁死のことを考える日々なのだった。とりあえず思い至ったのは、自分が、無縁で死ぬことが怖いのか、それとも誰もいない部屋で腐ることが怖いのか、孤独な老後が怖いのかを、すべてごっちゃにしてとらえているということだった。

番組はべつに、名前のない死だけを取り上げていたわけではなく、生きている人のことも、「そうなる可能性のある人」であるかのように取り上げていた。わたしを恐れさせたのは、名前が明らかにならないまま亡くなることだけではなく、「そうなる可能性のある人」として暮らしていくことも含まれているのだった。

単純に、行旅《こうりょ》死亡人になることを避けるのであれば、方法はいくらかあると思う。ある年齢をすぎたら、常に自分の名前や出自や埋葬《まいそう》してもらう先を記したものを、肌身はなさず身につけておくだとか。

なんだったら、国や市区町村が、選挙に来た人にサービスとして認識票のようなものを配布してもいいと思う。選挙会場でのオーダーメイドで。それこそ、三月にシモジマの店先で、新小学一年生への鉛筆の名入れサービスを行っていたように。

腐ってしまうことも、携帯やネットを使えば何とかなりそうだ。毎日寝る前に一通サーバに空メールを送らせ、連絡がなかったら見に行くというようなサービスなんか、もうすでにどこかにありそうだ。

しかし、「孤独」にならずにすむ決定的な方法は、なかなか見つからないように思える。他人から自分に思い入れを持ってもらうことが必要だからだ。誰かに自発的に自分のことを思い出してもらうのは、鉛筆名入れサービスや、定期的な空メールではどうにもならない。

世の中には、他人から思い入れを持ってもらいやすいモテモテの人と、別にそうでない人がいる。それはまあ、コミュニケーション能力という、才能と努力の両方を必要としつつ、どちらがどれだけの分量あれば水準かを推《お》し量ることも難しい能力や、容姿といった生来のものにも左右される。

孤独を感じやすいか感じにくいかという本人の気の持ちようも関係してくる。三百人が出席するパーティーで、誰かとひっきりなしに話していても、孤独を感じる人は感じるし、一ヵ月間誰とも喋らなくても平気な人もいる。この二つの現象が、同じ人間に起こることもありうる。明確な基準がなく、扱いにくいものなのだ。

この厄介な孤独というものの扱いについては、この番組は画期的だな、という所感を持った。死別ではなく離婚をした、結婚歴のある人を、二人取り上げていたからだ。

一人は妻との離婚後、糖尿病と鬱《うつ》を患《わずら》い、六十歳前後にして介護施設に入居した人、そしてもう一人は、同じように離婚した後独居し、再婚もしなかったものの、近所の子供とその家族とある程度良好な関係を保ち、亡くなっていった男性だった。どこか、幸福であったという印象さえ持つ後者については、運が良かったし人と関わることに努力したのだろう、という感想を持つものの、前者の男性は、病気だし寂しいしで、かなり難しいことになっているようだった。

「人とつながる／つながらない」ということをテーマとして掘り下げる際、最終的には「やっぱり家族だよね」という結論にたどり着くのは常套《じょうとう》なのだが、この番組は、その部分も塞いでしまったのだった。新機軸である。結婚したって離婚しちゃうようなことになったらパーなのよ、と。

確かに、せんじつめると家族は孤独という現象のパッチではない。まぎらわしいのだが。いや、パッチという役割も持つかもしれないけれども、基本的にそれを選ぶのは、パッチにしたい側ではなく、家族の成員個人にある。

子供を老後のパッチにしたくとも、彼・彼女が、二度と戻ってこないかもしれないけどパタゴニアに行って結婚したいのだが、と言ったらそれは尊重されないといけない。なのでやはり、夫婦の関係をしっかりしておくか、パタゴニアに嫁・婿には行くなと小さい頃から子供に言い聞かせる必要があるのだろうけれども、子供としては「ああこの親はじめっから自分を老後のパッチにしようとしてたんだろうな」と気付いたら、それはまあ調子を合わせてはくれるかもしれないが、なんというか、萎えるのではないだろうか。

はなからパッチ目的で子供を作るのと、無心に子供を育て上げた老後に、なんとなく寂しくなるのとは違う。子供はおそらくそのことを見分ける。親の沽券《こけん》と、寂しいのはいやなの、という感情は、あまり親和性は高くないように思う。

話は逸《そ》れるかもしれないが、死に方が人の功績を選ばないことも、厄介といえば厄介である。モテても一人で亡くなるということはある。思い起こすとけっこういろいろな人の名前が挙がるのだが、わたしの中では、大原麗子《おおはられいこ》とアリス・イン・チェインズのボーカリストのレイン・ステイリーのことが真っ先によぎる。大原麗子は不整脈による脳内出血で、レイン・ステイリーは、三十四歳の時に、ドラッグによるオーバードースで。後者は、見つかったときには腐乱していたということが判明している。

二人とも、片や日本の大女優、片やグランジ全盛に登場し、今も風化しないバンドのボーカルと、ジャンルは違うのだが、どちらもそれはもうモテたはずである。

特に、大原麗子の死に関しては、とても大きなショックを受けた。心の傷と言ってもいいぐらいの。サントリーのＣＭでの彼女を見たときに、子供心に、ああこういう人が女優なんだ、と漠然と思ったことは忘れられない。それがどういうわけか、彼女の名前が、「孤独死」という文脈で取り上げられた週刊誌の見出しを目にする日が来るなどとは、思いもよらなかった。そして、どうして「孤独死」が前に出ているんだろうとも思った。いや、ここで書いているわたしもわたしなんだけれども。

彼女ほどの人なら、亡くなり方以上に、生前の膨大《ぼうだい》な仕事の偉大さをたたえるネタがいくらでもあるはずなのに。大原麗子について話すときに、本当にきれいだったね、とか、春日局《かすがのつぼね》やってたよね、とか、野獣会だとか、渡瀬恒彦《わたせつねひこ》だとか、六年か七年ぐらい前に白いワンピース着てCMに出てるの見たけど、もうそういう年じゃねえだろと思いながらもわけわからんぐらいかわいいと思ってしまったよ、だとかということよりも、孤独死で大変だったね、という話題がいちばん前に出てくる人は、そうならない自信がだいぶあるんだろうな、とちょっと歪んだ見方をしてしまう。

結局、生前の仕事なんかより、人とうまくつながれたかなんだよねってことになるのだろうか、とむなしくもなったのだった。

満員電車では足を開き放題で、仕事では人の足を引っ張り、部下を気まぐれにいびり、クラスの誰かを遊び半分でいじめて、近所の誰かを悪口で苦しめて、行列には横入りをし、何も生み出しはせず、家の外の人間をいっさいいたわることのなかったような人間でも、家族に看取《みと》られて死ねれば勝ち組なのだろうか。そういう人間より、大原麗子やレイン・ステイリーの方が、よほど広範に人を救ったり支えたりしたと思うのだけども。

家族を作ることも鉄板のセーフティネットにならず、生前の功績も無にしてしまう、「死に方」という身の処し方の一項目は、とても残酷でハードルの高いものだと思う。それも、衰えた先の最後にやってくるという容赦のないものである。
ただ、先にも書いたように、「死に方」は身の処し方の一項目でしかないことも確かだ。人間には、ほかにもたくさん気をつけなければいけないことがある。そしてたぶん、「死に方」は、人間がいちばん気をつけなければいけないことではない。「死に方」が、その人の生き方を縛っているのなら、それはとても寂しいことだ。最低限の縛りで、ある程度「死に方」から自由に生きられるように、最低限の妥協点を見いだしていきたい。

孤独オーケーなら行旅死亡人にならないようにだけ、孤独を避けたいのなら、気力のあるうちから、無理のない範囲で人間関係を作っておく。運良く家族がいるのなら、彼らとの関係を正面から大事にすると良いし、家族はもういいと思うのなら、友達とでも、気の合う仕事仲間とでも、SNSのつながり相手とでも、セフレとでも、週に一度ぐらい、だれかとなんでもない連絡を取り合うような関係を、細々と続けてゆくのでもいいのではないか。そしたらもしかしたら、いざというときに連絡をする壁が低くなっているかもしれない。とにかく怯《おび》え続けることも、もしかしたらいいのではないだろうか。火事を忌避《きひ》し続ける限りは、ある程度火事は防げるのと同じで。無縁死は火事ではないが。

いっそ「無縁死ビビリ隊」みたいなのを作ればいいのではないかと思う。二ヵ月に一回をめどに、隊で集まり、花見に行ったり紅葉《もみじ》狩りをしたり、映画を観に行ったりする。自分自身に「無縁死びびってる」というタグをつけることによって、自分自身も周囲も、少しは変わるかもしれない。

でも人と関わるには内気すぎるんだよね、という障害があっても、誰かの笑いをとる基礎はまず自虐ネタからだ。そこからすべり知らずを目指すも良し、自虐ネタの語り方のバリエーションをこつこつと増やしてゆくも良しである。

「孤独が怖い」とは深刻すぎてなかなか言いにくそうだが、「無縁死やべー」はかなり言いやすい。「孤独」は伸びたり縮んだり、固体のようだったり空気のようだったり、なにかと取り扱いが面倒だが、「無縁死」は一律怖い。そういう怖さのわかり良さが、いちばん恐れていることから、もしかしたらわたしたちを引き離してくれるかもしれないと思っているのだけれど、どうだろうか。

# 動物に学ぶ日々の身の処し方

ここ五年ぐらいの間、尊敬する人はシュヴァイツァーだと答えていた。功績がすばらしいという理由もあるのだが、もっとも大きな理由は、三十歳にしてオルガン演奏家から医学を志したという身の振り方が、なんというか、「柔軟な人生」のようなものを象徴しているように思えたからだ。人生の舵《かじ》取りだけではなく、ここと思えばアフリカにでも行く身体的なフットワークも軽い。見習いたいものである。

個人的な性癖なのだが、わたしは、これと思った人のことはあまり必要以上に情報を入れないようにしている。ある入り口から入って「おお」と思ったという第一印象を変に大事にしているのかもしれない。いろいろ知って幻滅することもあるし、それは辛いので、どちらかというとあほ面で「なんかようわからんけどすごいなー」と言い続けていたいほうだ。

シュヴァイツァーもそういう人だった。『二十世紀の百人』というテレビ番組で観た以上のことは知ろうとせず、しかし見習いたいものだとつねづね思っていた。それがである。ちょっとマザー・テレサについての調べものをしていて、ウィキペディアのページを見ちゃったのである。おまえウィキペディアも見ていないのに尊敬しておまえ、とおっしゃる向きもあるかもしれないが、とにかくわたしは、シュヴァイツァーについて特に知りたくない情報まで仕入れてしまったのだった。

情報は衝撃的であった。「彼は生まれつき非常に頑健であまり疲れない身体を持っていた」。がーん。本当なのこれ？　書き込んだ人。「柔軟な人生」の根拠が「頑健な体」。いやそれだけでもないだろうし柔軟な発想などもあっただろうけれども、特筆すべき頑健な体なのか。ある意味、生まれつきIQが高いとか生まれつきルックスがいいとか以上に、突き放されたような気がした。生物の種類が違うのだよと宣告されたような感じだ。ゾウとハエのように。

それ以来、ますますうっかり人を見習いたいということがなくなった。もうこれ以上変なショックは受けたくないのだ。ゾウになりたがるハエのような気分を味わいたくないのだった。そういえばマザー・テレサも長生きだった。わたしみたいな吹けば飛ぶような不摂生《ふせっせい》会社員がなせることなど屁のようなものだ。えらい人とはもう体の作りからして違うのだよ。

卑屈になったわたしは、それ以前よりさらに根無し草のようになってしまい、さらに影も薄くなり、投げやりになり、飲み会などではだいたいメンターやロールモデルを持っている感じの人にやりこめられるようになった。

それまでも基本的にやりこめられる人生だったが、悪化した。信仰心の差のようなものだ。守るものがない、というか、他人に吹聴《ふいちょう》する信念がない。どれだけがんばろうとしても「疲れにくい頑健な体か……」という諦めが頭をよぎる。

それに比べて、メンターを持っている感じの人、もしくは実際にメンターがいる人はなんだか強い。自信がある。理路整然としている。喧嘩《けんか》慣れしている。言葉があらかじめ用意されている。なのにわたしときたら、まあまあまあまあなどとぼんやり口ごもるばかりである。

わたしも人に威張れるメンターもしくはロールモデルが欲しい。自分の身の処し方の参考となる相手が欲しい。

が、また生まれつき体が頑健などという不可能ファクターを持ち出されても悲しいので、最近は考えを変えて、主に動物をロールモデルにすることにしている。これならもうあらかじめ断絶しているので、あんまりショックとか受けないだろう、という姑息《こそく》な考えなのだが、今のところは気楽にやっている。

そういうこともあってか、『ダーウィンが来た！　生きもの新伝説』は本当に楽しく、そしてビジネス新書を読むように観ている。今のところ、最も集中力を必要とするコンテンツなので、月に一度休みの日に時間を作って、テレビの前にちゃんと座ってまとめて観る、という視聴方法を採用しているぐらいである。熱心に観始めてから三年以上が経過するのだが、番組のテンションはまったく衰えることはない。野生動物の世界は常に熱い。

もともと、野生動物についての番組を観たり、動物図鑑を眺めるのは好きなのだが、特にダーウィンがいいと考える理由は、ミツバチがスズメバチに集団で覆い被さって熱でやっつけたり、シマウマがライオンを押さえつけて河に沈めている決定的瞬間を放送してくれたからだ。特に後者は驚いた。観てから一年ぐらいは、会う人会う人に言って回っていたと思う。草食動物のシマウマ＝肉食動物のライオンに捕食される存在、という常識を覆す、リアルな生の攻防を切り取ったシーンだった。

ポータルサイトや電車の吊り広告で、便利に「草食系」「肉食系」という言葉が使われていたのを目にするたびに、わたしはいつもあのシマウマとライオンのシーンを自動的に思い出していた。そしてついでに、自分が子供の頃から一貫して大好きな動物であるヤマアラシが、実は草食動物であり、とても夫婦愛の強い動物であることを思い出す。にやっとする。

今年放送された中では、アマゾンに住むラッパチョウという鳥の回が特に参考になりそうだった。鳥だが飛ぶのが苦手で、地上にいるのに主食が木の実というこの鳥は、一口だけ食べては木の実を捨てるクロクモザルが食事中の木の下に行って、地面に落ちた木の実を得る。食事の九割は、サルの落とす実なのだが、その身をみじめがるでもなく、一日五キロを歩き倒して落ちてきた木の実をがんがん食べている。樹上では食事に関するライバルが多いので、地上で暮らすようになったそうだ。血のつながりのない他人同士で雑居して小集団を作り、拾った木の実を同性同士でプレゼントし合って和を保つ。その集団の中の卵を仲間で温め合う。

あとは、エチオピアの標高四千メートル級の高山に住むゲラダヒヒだろうか。彼らは、雄《おす》を中心に数匹の雌とその子供で家族集団を作り、夜は家族ごとに崖の裂け目で寝ているが、昼は山頂の高原で、座ってひたすら乏しい草を食べている。温厚なゲラダヒヒは、攻撃的な別種のヒヒに高山へと追われたそうである。山頂の食事場所には、たくさんの家族が集まってくるのだが、特に争いはしない。不快なことがあったら、唇をまくりあげて歯と歯茎を剝《む》き出す変な顔をして、「わたしは怒っているから近寄らないで」というサインを出して、けんかはせずに相手を遠ざける。鳴き声による語彙《ごい》も豊富だ。

放送では、雌《めす》同士の小競り合いに、雄のリーダーが出てきて、なんとなく苦情を言い合って場を収めていた。そして雄は、ンガハーヘヨ、と鳴いて、文句を言われた雌を慰めていた。ンガハーヘヨ。わたしも落ち込んでいる友達をそうやって慰めたい。ンガハーヘヨ。

ラッパチョウに至っては、まるで友チョコしたりルームシェアしたりする「今の人」みたいだ。サルが一口かじって落とす木の実をせっせと集めて回るところもい い。プライドとか持ち出さない。ドライでエコだ。

もちろん番組は、動物であってもこりゃもうやべえな暗くなるよなというほどのシビアな部分は放送していないだろうし、わたしだってしょせんは人間の感情に照らし合わせていいなあとか言ってるのに過ぎないのだが、その「いいなあ」には種族の距離がある分、より無邪気に憧《あこが》れられるのだった。時には、世界にはこんな不器用な動物もいる、などといったことで勇気づけられたりもする。

自分はもう誰にも届かないと自身に失望したら、ぜんぜん種が違う動物の在り方を参考にしてみたらいいと思う。メンターの言葉をただ再生するアンプになるよりは、笑って話を聞いてもらえるかもしれないし、ロールモデルと自分自身を混同して勘違いする心配もない。そしてなにより動物の話は、自分語りよりもたぶん楽しい。

# 親は親をやりなおせるけどな

従弟《いとこ》の結婚式に出てきた。わたし自身は、結婚式に出るのは久しぶりなので、どれだけ勝手が分からず、へらへら笑っているだけになるのだろうと気が遠くなっていたのだが、教会式の結婚式には、意外なところに楽しみがあった。賛美歌である。カラオケなどにはまったく行かず、もちろんグリークラブにも入っていないので、生活の中で思い切り歌を歌う機会がないわたしは、大変気持ちよく賛美歌を歌った。いーつくしみふかーきー、とーもなるイエスはー、つーみとがうれいーをー、とーりさりたもうー。

とてもキャッチーな良い曲である。一番だけといわず、二番も三番も歌おうぜ。よく考えたら、同じことを教会式の葬式でも思った。この方式の葬式は、ただ座ってるだけのはずの参列者も歌で参加できて、一体感があっていいよな、と。いやもうまったく面識のない、上司のお父上のお葬式だったのだが。

　隠しているわけではないので、別に今更改めて書くことでもないのだが、わたしの両親はわたしが九歳の時に離婚した。母親がわたしと弟を連れて別居を始めたのは、わたしが八歳の時のことだった。父親とは、十一歳の時に会ったのを最後に顔を合わせていない。

　その父親は二〇〇九年の五月の終わりに亡くなったので、今（二〇一〇年）でだいたい一年が経つ。昼休みに父の死を知らされた退社後、わたしはこの日経ビジネスオンラインの仕事の初めての打ち合わせに出向いたので、その日のことはとてもよく覚えている。今更なんだよといらいらするわたしを、担当者さんたちは穏やかに励ましてくれた。とてもありがたかった。

　父親が死んだとか生きているといったことは、本当は、会わなくなって以来耳に入れる予定ではなかったのだが、芥川賞をもらったので、出版社づたいに連絡がきた。父親は再婚していて、向こうの家族さんが気を回してくれた形となった。再婚後の家族とは、仲良くしていたようだ。

　香典は渡しに行ったが、葬式には出なかった。縁は切れても、最後の最後で追いすがるように自分を印象づけるところが、子供心にも感じていた、この人は淋しがりだということが了解できて父親らしいと思った。なのでわたしは、淋しがる男の人がどうも苦手だ。曲がりなりにも、「淋しい」と口に出せる人ならまだしも、淋しいなりにそのことは明かさず、物欲しげに人のにおいの周りをうろつくような男の人を見ると、親指の腹で圧し潰《つぶ》したくなる。

香典を届けるためと、家裁での手続きのために、二度半休をとった。そのことがいちばん腹立たしかった。よもや父親のために有休が合計一日減るとは。

離婚の理由は、端的に父親が働かなかったからだ。そのことを母親が指摘すると、ふて寝するか外出するか暴力をふるった。悲しい話だが、よくあることだと思う。しかし当時、わたしはこんなにまともでない父親を持った子供は世界にいないと思いこんでいて、ひどく孤独だった。

別居のために転校した後も、それは続いた。教室にいるどの子の親も、自分の父親のようではないだろうということばかり考えて、恥ずかしく思っていた。今考えると、自分と同じような境遇の子供は、表沙汰にしていないだけで確実にいたと思う。仲の良かった友達の女の子の家も、今思い起こすと母子家庭だった。

しかし彼女は、父親は外国に仕事に行っていると言い張っていて、わたしはそれを鵜呑《うの》みにしていた。大人びたきれいな子で、わたしみたいな万年半人前の生徒にも優しくしてくれたので大好きだったが、ふとした時にうそをつく子だった。裏切りや嘲りといった悪意のうそではない、自分の身の上を少し高級なものに見せようというたぐいの、他愛のないうそだった。

親がおかしいことは、子供を孤独に追いやる。片親が比較的まともでも、「まともな両親」が揃っている同級生たちと相対化した時の孤独は計り知れない。わたしの父親は、働かないか、給料を一晩で使ってしまうかだったが、他の様々な事情でも同じだと思う。たとえば、暴力をふるうだとか、不倫をしているだとか、精神的に難しいことになっているだとか。わたしは、父親が働かずに家でぶらぶらしていることが死ぬほど恥ずかしかった。

暇だから、子供のやっていることに気まぐれに干渉し、気が向いたときに叱り飛ばした。淋しい人だったので、子供が遊んでいる周囲をぶらぶらするようなところがあり、そのことも本当にいやだった。友達に、どうしてお父さんが家にいるの？　と訊かれると、内職をしていると繕っていた。学校の社会の授業で、父親の職業を明かさなければならなくなったときも、そう答えた。

親が働いていないということは、子供の自尊心を大幅に損なう。子供が親の一部であるという悪習じみた考え方がまだ残っていたとするならば、親もまた子の一部だったのである。

子供たちは、意外と自分の親のことをオープンに話さない。子供の目から見てまともではない親は、子供自身からしたら決定的な欠落だからだ。さかあがりができないとか、泳げないとか、給食を食べるのが遅いとか、漢字が読めないとか、九九が言えないとか、口が臭いとか、授業中に小便を漏らしたとか、うそがばれたなどということ以上の。

このように子供をやきもきさせ、大人になったわたしから有休を奪っていった父親は、二つ目の家庭ではうまくやっていたようだ。拍子抜けした。父親の身の振り方については、野垂れ死にに違いないと全財産突っ込めるぐらい確信していたのに。父親は、最初の家庭で父親であることを練習して、課題を発見し、次の家庭でその経験を生かしたのだろう。

要するに、「結婚や家庭の運営には予行演習が有効である」ということだ。ただし、それに巻き込まれる子供の人生は一発勝負だ。

『コララインとボタンの魔女』という3Dアニメの映画を観たことがある。この映画には、子供をさらって、その目をボタンと取り替え、自分の作り出した世界に永久に閉じこめようとする魔女が登場する。この魔女の性癖について、物語の狂言回しとして登場する猫は、「魔女だって愛するものがほしいのさ」と説明する。秀逸な台詞《せりふ》だと思う。

ここで言う「愛したい」という気持ちは、きわめて個人的な欲望である。『コラライン』の魔女は、「愛したい」という欲望のままに子供をさらい、飽きたら暗い部屋に捨てて、子供を死なせて幽霊にした。愛のはけ口を探すこと／作り出すこと。そこから始めてそこで終わる親もいる。

わたしが一つだけ父親について知りたかったことは死因だったのだが（血のつながった親の病歴は自分にも影響するので）、先方の家族さんからなされた説明は、「生まれつき首の骨が細く、また体も弱くて、衰弱死した」という、それなりに詳しいものの、どう解釈したらよいかわからないものだった。

最後の最後まで、言いたいことは言うが、こちらが知りたいことは釈然とさせない人だった。わたしはもっと、わかりやすい大人になりたいと思う。

# 裏紙と人

わたしのデスクの一番下の深いひきだしには、裏紙しか入っていない。ここでいう裏紙とは、片面に印刷があり、もう片面は真っ白、という状態の、使用済みコピー用紙のことである。裏紙は、勤続十年を費やしていっぱいになった。仕事内容は、報告書の製本である。五部ほどの小規模な製本なので、業者には出さず、わたしが製本係として働いている。

報告書はコピー機で作るので、コピーミスや仕様の変更などで、手元には裏紙が集まってくる。ミスコピーを出すたびに反省し、コピー機の読み取り部分を頻繁に拭いて印刷物を汚さないようにしたり、コピーする部数を何度も確認したり、原稿の汚れを修正したりするのだが、それでも、急な変更や見落としなどで、裏紙は着々と発生する。

裏紙のひきだしはとても重い。紙はとても重いものなのだ。わたしはときどきそれを、罪の重さのようにも感じる。会社員の仕事を続けたほうが良い、と感じていることの理由には、わたしがいなくなってしまったら、この裏紙たちはいったいどうなってしまうのか、という心配もある。いや普通にゴミ袋に入れて捨てられるか、フロアの隅に蓄積され、いくらかはメモ用紙などに使われたものの、時が来たらやはり捨てられるかだろうけれども。

ボランティア団体などに送れるものなら送りたいのだが、なんといっても報告書の裏紙である。機密内容が印刷されているものはシュレッダーにかけることになっているのだが、とはいえやはり会社のものなので気がひける。暇を見つけては、あたりさわりのない内容のものと、そうでないものを仕分けして、あたりさわりのないものを主に蓄積するようにはしている。それでもやはり、社外に大量に送るとなると慎重にしなければならない。

仕方ないので、蓄積した裏紙は自分で使っている。レギュラーな使い道を挙げると、

・A6に切ってメモ用紙に
・大きめのふせんとして

・製本してノート
・四つ折にしてコースター、もしくは、ポットの敷物
という、やはり地道でノーマルなところに収まる。

メモ用紙に関しては、もうこれ以上エネルギーを無駄にするのがいやなので、プリンタで罫《けい》を印刷するなどはせず、長辺に対して垂直に何度か折って罫線をつけ、字を書きやすいようにしている。それではあまりに大雑把《おおざっぱ》な線しかつけられない、もっと細い罫線が欲しい、という時は、六ミリ四方の太い罫の方眼紙をエクセルで作っておき、それを裏に当てて字を書く。厚めのフィルムなどに方眼紙を印刷すると、下敷き代わりにもなって書き味が滑らかになる。方眼フィルムの裏にはトナー受けとして紙をあてておく。下敷きは何度でも使える。

ふせんとしては、マスキングテープで接着して取り外し可能にする。自分で自由にサイズが決められるので、3Mなどが提案してくるサイズでは物足りない人にはもってこいである。A6のメモ用紙をそのまま貼り付ければ、長い申し送りでも大抵は事足りる。

中綴じのノート製本は、縦に紙を綴じられる「ホッチクル」があればできる。紙を半分に折って、山折の部分を綴じるだけである。そうすると、見開きにしたときに、

右側か左側に記事が印刷されたページが来るのだが、どうせ自分で使うので、そんなことは気にしなくてよい。綴じ代から一センチぐらいのところに、ミシン目カッターを入れれば、切り離し自由のノートが出来上がる。好きなイラストをダウンロードして、使わないチューブファイルの仕切り紙などに印刷して表紙として綴じると、オリジナルのノートの出来上がりである。表紙にはスタンプなどを押しても良いし、そのほうがモチベーションが上がるなら、中にも押しまくればよい。裏紙なので、どんなことでも遠慮なく書ける。そして電源がいらない。

コースターとポットの敷物に関しては、最も悲しい使い方でもあるのだが、すぐへろへろになる厚紙コースターよりは使えると思う。湿ったり汚れたりすると、とりあえずメモとして使ってから捨てるようにしている。

とにかく、何に困る日が来ても、決してメモ用紙には困る日は来ないであろうとひきだしを覗き込みながら思う。わたしの頭の中や生活に、そんなにメモをとるべきことがあるのかどうかは疑問だが、とりあえず裏紙のメモ用紙を使わずには、小説を書いたことも随筆を書いたことも一度もない。

しかしそれでも、ひきだしは軽くならない。増える枚数は、日々仕事がうまくなるにつれ抑えられている気がするのだが、やはり十年の蓄積は重い。なので他にも、思いつく限りの方法でコピー用紙を使ってみた。

・あぶらとり紙
・目薬の吸い取り紙
・ぞうきん
・保湿オブジェクト

などである。ひきだしの中に積み上がっている裏紙を見ていてつくづく思うことは、わたしにとってはティッシュは高嶺《たかね》の花だということである。ティッシュは柔らかい。ティッシュはたくさん保湿する。そしてティッシュは使い捨てである。字こそ書きにくいが、日常生活の中では、コピー用紙の裏紙よりも、ティッシュが活躍する場面の方がおそらく多い。

同じ紙ということで、裏紙にもティッシュばりの汎用性を期待したいのだが、やはりなかなかである。さすがにコピー用紙で鼻をかむことはできない。

しかし、鼻の皮脂はとることができた。三センチ四方ぐらいに小さく切って鼻に当ててみると、普通に脂がとれる。専用のあぶらとり紙だと、紙にもわーと脂《あぶら》が広がる感じだが、コピー用紙の場合は、あてたところだけ軽く脂がとれる様子だ。もう年なので、オイリーで困っている、ということもないのだが、たまに皮脂が気になって、しかしあぶらとり紙がないときの代替として使えるかもしれない。あぶらとり紙なんてちまちましたもの買ってられるか、という豪快な男性向けの使い道とも言える。べつにおすすめはしないけれども。

ティッシュ代わりといえば、目薬の吸い取り紙としても使ってみた。目薬を差したときの余分を拭き取るために、ティッシュやハンカチを使うと、目の中にあるべき分まで吸い取ってしまうような感触があるけれども、コピー用紙だと、適切な量だけを付着してくれるような気がする。しかしやはりおすすめはしないけれども。

少し水で濡らして、机の汚れなどを拭いてみたこともある。しかしコピー用紙はあまり水を吸い込まないわりに、濡れている部分を強く摩擦《まさつ》するとすぐに破れるので、本当にみじめなことになった。そして汚れもなかなかとれない。なんでこんなことをしているのかと泣きそうになった。

変わったところでは、丸めて水を吸い込ませてトレーの上に並べ、周囲の保湿のために傍《そば》に置いていたことがあった。湿度計で測ったわけではないので詳しいところはわからないのだが、効果を実感することはなかった。

だから、書き物とコースター以外で結局まともに使えたのは、あぶらとり紙、目薬の吸い取り紙ぐらいの用途である。書いていてげんなりしてくるほど、コピー用紙は印刷するためのものである。

あるいは、ひきだし一個分の裏紙は、自分に出された宿題なのかもしれないとも思うことがある。ひきだしを空にするまでは、とにかく何か書き続けろということだ。

最後に、一つだけ思いついていながらも伏せていたことがある。「食べる」という用途である。小さい頃、わたしは親に隠れてときどきティッシュを食べていた。しがんだ後に吐き出す、という感じの、ガム的な用途だったが、何度も口にした記憶があるので、いやな味ではなかったのだろう。だからコピー用紙もなんとかなるのではないかと、本当にうっすらとだが思うことがある。いや、トナーが付着しているから危険だろうとはわかっているのだが。醬油《しょうゆ》をかけてネギとあえたらなんとかなるかもしれないという妄想が、頭を離れない。胡麻《ごま》油をかけてもいいかも。

## 二〇〇〇年の新卒

やりなおしたいことは山ほどあるのだが、新卒の就職活動はそのうちの大きなひとつに挙げられる。学生だった頃の仕事選びと、仕事を経験した後の仕事選びでは、それこそ天と地ほどのギャップがあるからだ。今の考え方でもって、新卒の就職活動に臨んだとしたら、まだもう少しましだったかもしれないと常々思っている。

就職活動を経て最初の会社に入社し、そして退職し、その後今の会社に落ち着いた後も、就職活動の時に集めた資料などはなかなか捨てられなかった。三年生の後半の時点で家に送られてきた、リクルートの五巻か六巻セットの、業界ごとの会社案内もかなり長い間本棚に挟まっていた。

特に読み込んで自分の見識に役立てるわけではないのだが、とにかくその背表紙を見るとうっと息が詰まる。そして、自分が今職を得ていることに感謝する。そのうっとなる感じを忘れないために、かなり長い間持っていた。

それもいいかげん場所をとるので捨ててしまい、資料も処分して、わたしの手元には、大学から配布された就職活動用のA5のルーズリーフだけが残った。これだけはどうしても捨てられなかった。しかし開くこともないので、なかったことにするわけにはいかないのだけれども、おいそれと開帳して眺めたい過去でもないのだろう。

一九九八年、三年生の秋に、初めて大学主催の就職説明会があり、実はあなたたちはすっごいすっごい厳しい状況にいます、と告げられた。

それまで、「バブルがはじけた」だとか「不況」という言葉はところどころで耳にしていたものの、それと自分の就職がどう関係しているのか、うまく頭の中でつなげることができなかったのだった。地方の私立大学生なんてそんなもんなのかもしれないし、わたしが特段ばかだったのかもしれない。

就職活動ノートの最初には、第一印象を良くするこつが記されている。第一印象は六秒で決まり、そのうちの58%は目から見えるもので、内面を窺《うかが》い知れる要素はわずか7%らしい。じゃああとの35%は何なんだということは書かれていない。

その他、コートは「着ていていいよ」と指示された場合以外は着ていてはだめ、だとか、資料は両手で受け取れだとか、名刺は胸の前ぐらいで受け渡しをしろだとか、目を合わせてしゃべれだとか、完全に基本やろということが記載されている。

大学生の時点では、こんなこともわかっていないのかということが逆に驚きである。四十社受けたよなあ、とは覚えているのだが、改めて数えてみると、記録を始めた三月から七月で四十一社受けていた。そのうち、説明会＋履歴書提出→一次試験（面接）→二次試験（面接）、と進んでいる会社もたくさんあるので、説明会なり試験なりで企業に足を運んだ回数は、七十回近くに及んでいる。その合間に、合同説明会は四十回強開かれている。そのどれもに顔を出したかどうかは定かではないけれども、三月から五月十八日までの間に十四回行っている。途中で合説に行った回数を記録するのをやめたのは、きりがないからだろう。

のろまなわたしのわりには、ある程度数を稼いでいるように、大学の新卒の就職活動は、いつの間にかオリエンテーリングと化していた。何が何でも内定を取って決着をつけることではなく、行きたい業界の会社をうまく見つけるテクニックや、ブラックな会社は紹介してこない合同説明会の主催組織を見分けることや、平均年齢の若すぎる会社は離職率が高いかもしれないという豆知識の量や（今は常識だが当時はそれを売りにする会社が本当にあった）、一日にいくつの面接や説明会を回れるかということに終始するようになっていた。就職活動という現実中の現実の中でさえ、わたしは自らモラトリアムを作り出していた。

ノートを見ればわかる。業界で会社を選んでいる（それも中途半端に。アナウンサーにしかなりたくないとか、出版社にしか入りたくないという感じでもない）。それはそれで正しかったんだけれども、間違いでもある。職種で選んだら企業の選択肢はもっと広がったはずなのに、いかんせん、よくわからない業界のことは面接で良く言えないから避けていたのだろう。皮肉なことに、十年半つとめた二社めの会社は、ハローワークで見つけてきて、待遇と立地と職種で決めた会社である。会社が何をしているかについては、ほとんどかまっていられなかった。

必死に「やりがい」を求めて、エントリーシート提出のための説明会も含めると四回もの試験を受けて何とか潜り込んだ会社は、九ヵ月でやめることになった。

大学を卒業して、会社に使われるようになって強く思うことは、仕事はとにかく生業《なりわい》だということである。もう少しつっこんだことを言うなら、仕事を見つけるという行為は、食べていくために毎日こなさなければいけないことと、そのことで受け取る金額と、自分の適性の間に、自分が耐えうる妥協点を見いだすことであると思う。

社会人をうん十年やっている、という人たちからしたら、本当におかしなことかもしれないけれども、一九九九年当時の新卒の就職活動で、このことを強調された機会はほとんどなかった。セミナーにやってくる人たちの話を鵜呑みにしていたわけではないけれども、わたしやその友人のほとんどは「興味のある業種に関わる、やりがいのありそうな仕事」を探していた。

そんな幸運にありつけるのは、すべての就職活動をしている大学生のうちのほんの一握りだ、という当たり前のことは、誰一人としてはっきり言わなかった。言う必要なんかないだろう、自分でわかれよ、とおっしゃる方もいらっしゃるだろうけれども、生まれて初めての就職活動をしてる、二十二歳やそこらの若者に、とてもではないけれどもそこまで考える余裕は残されていない。

わたしもわたしの友人たちも、最終的には、自分が選んだ、それなりに入りたかった会社から内定をもらったと思う。けれどもほぼ全員が、三年以内に仕事をやめている。それぞれに深刻な理由はあるけれども、一口に言うと、会社を志望する時点で、自分自身が妥協できるラインを見誤ったからだと言えると思う。会社には、入ってみないとわからないことは山のようにあるけれども、「とにかく明日食べるために」と中途採用で入った会社でそれなりに続いていることを考えると、新卒採用の時点で、何か方向を間違えていたのではないか、と訝《いぶか》るのである。

わたしがよく通っていた合同説明会の主催団体の、チラシ配りをやっているような下っ端《したっぱ》の兄ちゃんだけが、すごく現実的なことを言っていたなあと思い出す。兄ちゃんによると、「選り好みせんと、ぜんぜん知らん業界の会社の面接に行ってみたらよろしい。とにかく今は会社に入るということにこだわったほうがええと思いますよ」とのことだった。かなり当たっている。ただ、ここまで大局的に開き直ったことを述べた人は、この人しかいなかった。就職をしなさい、と勧める側にも、何か考えあぐねる部分はあったのかもしれないと思う。

何のせいなのか、と今間違い探しをしてもせんのないことだけれども、せめて今のご時世では、新卒予定者に就職を勧める大人たちが、口当たりの良い話ばかりをしていないことを祈る。

わたし自身も、たかが仕事を始めて十数年で、仕事の何たるかなどはおそらく半分もわかっていないだろう。それでも、あれでよかったのかなあ、と思うわけで、「仕事は基本つまんないものだけど、工夫してやったらたまにおもしろいよ。そしてもう、自分のお金は自分で調達する年だしね。気に入らない仕事で得たお金でも、お金はお金だよ。仕事を見つけるのは死ぬ程厳しいけど、まあそういうもんだよ」ぐらいの口上で送り出されれば、もうちょっと何かが違ってたんじゃないか、と考える次第である。

## 「友達がいなさそう」が罵倒の文句になる理由

以前に日本経済新聞で書いた「友達がいなさそう？」というタイトルのエッセイが、今年（二〇一〇年）の九月に「天声人語」で引用され、それを踏まえて、AERA《アエラ》の取材を受けた。インターネットで二十〜三十代の若者300人を対象にアンケートを採ったところ、その設問の一つである「ないと不幸なもの」で、「友達」という項目が第一位にあがったので、友達がいなさそうなことがどうのと語っていたわたしに話を聞いてあげようということになったのだそうだ。

テレフォンショッキングでタモリが便所飯《めし》（注）の話をしていた頃だし、何なのか、最近は友達がいないということについて考えるのが密かに流行《はや》っていたのかもしれない。

「友達がいなさそう？」というタイトルのエッセイには、この言葉が人への罵倒《ばとう》でいちばん厳しいものなのではないか、と書いた。

「あの人、友達がいなさそう」という言葉には、対象が生きてきた背景そのものを否定するニュアンスがある。ブスとかバカとか自己中とかルーズなどといった、矯正《きょうせい》が可能かもしれない事象への部分否定の何倍も手厳しい。自分自身がときどき、あまりにもめんどくさいなあ、という人に接した時に、友達がいなさそうだ、という一言で片づけることがよくあるので、それはちょっと雑すぎるだろう、と考えてエッセイを書いた。

「あの人、友達がいなさそう」と言われることは、ある年代より上の人にとっては、もしかしたら屁《へ》でもないのかもしれないけれども、三十代半ばよりも下ぐらいの人には、すごく厳しい言葉として響くんじゃないかという考えは今も変わらない。

つい先日も、三十歳になったばかりの男性編集者にこの文言《もんごん》を言うと、うわっとのけぞり「全人格を否定するようなものだ」と言っていた。こちらがただ、罵倒の文句として紹介しただけであるにもかかわらず、その三十歳男性は、すぐにその意図を汲んでいたのだった。

「友達がいなさそう」という言葉は、ただの事実の推測にとどまらないのだ。なぜその人に友達がいなさそうに見えるか、という理由も炙《あぶ》り出し、「友達すら作れない生き方」を断罪する。

なぜ、友達がいるかいないかという事実、または、いそうかいなさそうかという評価がそんなに重要になってくるのだろう。

わたし自身に関しては、「そういう教育をされてきたから」という間の抜けた答えがわりとすぐ出てくる。小学校の担任の先生が、とにかく友達は大事にしなさいと言う人だったのである。にもかかわらず、わたしはときどき友達関係に困ることがあったので、これではいけない、とひどい不全感に陥ることが多かった。だから、友達関係の維持に関しては労を惜しまないことを心掛けているし、常に研究もしている。

特に、日経ビジネスオンラインに連載されていた、深澤真紀《ふかざわまき》さんによる「人間関係メンテナンス術」の友達に関する項目は、本当に何度も読み返した。小学生の頃の自分に読ませてやりたいと思う。

わたしに関しては、主に小学生の時のコンプレックスが原因だけれども、ほかの大多数の同世代の人にとって、かくも友達が大切な理由とは何だろうか。

それはもしかしたら、「友達が大事」な世代の人たちには、人間を構成する要素である外見や経済力や職務能力以上に、「人望」というものがはっきり見えているからなのではないかと思った。キャラとも言い換えられるかもしれないし、コミュニケーション能力と言ってもいい。その、目には見えにくい能力を見える化するための触媒《しょくばい》が、「友達」であると受け取られているのではないかと思う。

細かいたとえ話かもしれないけれども、ある芸人を誹《そし》るときに、「おもしろくない」とか「場の空気が読めていない」以上に「後輩に嫌われている」という文句が威力を持つことがある（有名なテレビのMCとかだと、「スタッフに嫌われている」）。「後輩に嫌われている（＝人望がない）」という上下関係の図式を水平に移しかえると友人関係になり「周囲の同じ学年の人間に嫌われている↓友達がいない≒人望がない」に変化する。

友達がいないことと、人望がないことは、あくまで≒の関係であると思う。けれども、上下関係がない場では、友達がどのぐらいいるか、どう接しているかぐらいしか、個人の人望をはかる尺度がない。

けれども、友達関係も要するに人間関係なので、普通に運不運は関わってくるものであり、友達がいないことの運のなさを、その人の人格全体に敷衍《ふえん》してしまうようなわたし自身の考え方は、どうかと思ったのだった。どうして友達ができない＝友達運がない、ということを、男運がない、ぐらいの一般的なこととして語れないのか、どうして、友達がいないということが、人格否定につながるような深刻さを帯びるのか。

それはやはり、孤独への恐怖につながっているのではないかと思う。無縁死のことについて書いたときにも感じたけれども、大多数の人は本当に孤独を忌《い》み嫌っている。

友達がいない人を忌避すると同時に、人は、自分から友達がいなくなることも遠ざけようとしている。自分はあのように、自分を孤独の中に放置しない、孤独にならないためならどんな対価でも払う、とでも訴えるように。そういう人たちにとって、友達がいない状態は恐怖の対象でしかない。

本当は、小学校の先生は、友達と仲良くしなさい、ということと同じぐらい、でもべつに一人でもいいですよ、と言うべきだったのかもしれない。友達こそいちいち言わなくても自然にできるものだし、孤独こそ訓練によって馴染むものなのではないか。人間関係に運の要素が少なからずある以上、相性の良くない人としか知り合わない可能性だってないわけではない。

友達は大事である。それはもう本当に大事なものだと思う。けれども、何かそれを万能視して、あまりにもたくさんの役割や尺度を当てはめすぎてはいないだろうか。「友達」に何でもやらせようとしすぎる人は、それこそ友達に逃げられてないか？

（注：「便所飯」とは、一人で食事を食べている姿を他人に見られると友人がいないと受けとめられると思い、それを避けるためにトイレの個室で食事をすること。最近の若者に広まっているとされる）

## 一人でごはんは不幸すか？

前回、友達がいるのいないのというテーマについて考えながら、どうしても頭の端にあったのは、一人でごはんを食べることについてだった。いわゆる「便所飯」から派生した主題かもしれない。

わたしは、平日の出社している日は、食堂のテレビが常にフジテレビ系列にチャンネルがあっていたので、毎日必ずいいともを観ていたのだけれども、「便所飯」については、タモリが二回もテレフォンショッキングで口にしている。タモリは、以前も出演したことがあるゲストが再び来た際に、料理の話を繰り返すことはあるけれども、全然別のゲストに対して、社会的な事柄について複数回言及する印象はないので、とても異例なことだと思う。どちらも、べつにそんな飯食うだけのチャラチャラした友達関係なんていらないじゃん、という論調だったように記憶している。

ところで、わたしの冬場の楽しみは、日曜日の夜に一人で鍋をすることなのだった。以前は、さまざまな具を放り込んだキムチ鍋を楽しんでいたが、最近は、スライスした生姜で出汁《だし》をとった鍋で、豚肉とニラとほうれん草だけを煮て、ポン酢とコチュジャンを付けて食べている。一人で鍋を食べている時、わたしは心底幸せだ。具と一緒に、炊き立てのごはんをかっこんで、うめー、あーもうほんとにうめー、と呟く。余計な言葉は要らない。ひたすら、肉と野菜と米に感謝する。書いているだけで、ああわたしはあの時幸せだったなあ、と思う。とにかく冬場は、「鍋ができる」という恩寵にさえあずかることができれば、働くことに対してある程度のモチベーションは保てる。

「便所飯」も、一人鍋も、両方とも、一人でごはんを食べることである。片や、どうにも不幸せな食事の状況であり、片や、幸福の絶頂である。違いはなんなのだろう。

ざっくり分けると「便所飯」は孤立からの避難であり、一人ごはんはそもそも孤立していることが前提である。大人になった今、他人に一人でいられるところを見られたくないからトイレでごはんを食べる、という行為について、気持ちはわかるけれども、どうしても不思議に感じられるのは、ごはんを一人で食べることなど、ほとんどの大人は日常的にやっていることだからだろう。

ただそこには、一人で入りにくい店、入りやすい店が存在するように、周りにも一人の人がいた方がよい／いなければ自分も一人では食べにくい、という条件も存在する。周囲がつるんでいるのに自分ひとりだけ友達と食べていないという状況から逃げる「便所飯」は、要するに、周囲に家族連れと恋人同士しかいないような店で一人で食べることから逃げる行動に近いニュアンスを持っているのだと思う。もともと入りやすそうな店を選んで、もしくは家で好きなものを作って一人で食べる大人の一人ごはんとは、越えなければいけないハードルの高さが違うのであって、だから一概に、便所で弁当なんか食って間抜けだな、とも言い切れないのだった。

それにしても、コンディションが良い時の一人ごはんは良いものだと思う。この文章を書く際に、一人ごはんに関する簡単なアンケートをとったのだけれども、二十代後半から五十代までの男女十六人のうち、一人ごはんに対して苦手というスタンスを取られたのは一人だけだった。この欄の担当者さんたちに集めていただいたので、大抵は東京で働いている人（つまり都会の人）の回答なのだが、わたしの友人数人（全員三十二〜三十三歳の女子）も、既婚者を含めて全員積極的にＯＫであるという答えだった。

どんと来いとすら言わない。一人でごはんを食べることは、日常なのである。『よく行く店はありますか？』という質問には、五人の方が具体的な店名を挙げて詳しく答えてくださったのだが、いずれも、目を通しているだけで頬が緩んでくるような、平熱の幸福感が漂っていた。

また、『あなたが一人で外でごはんを食べていると、どうでもいい知り合い（好きでも嫌いでもないし、一緒にごはんを食べたところでその印象が動く可能性のない知り合い）が店に入ってきたとします。あなたはどうしますか？』という質問をぶつけたところ、一緒に食べるかも、という回答をされた方は二人にとどまった。他の回答は、挨拶だけする、無視、相手の出方次第、という順に多かった。

どうしてこのような質問をしたかというと、小学校から大学までの時期に、大人だったら「どうでもいい知り合い」に分類してもいいような人間は周囲に山ほどいると考えたからだ。なるほど、同じクラスにいて、一緒に行動することが多ければ「友人」ではあるのだけれど、それは単にクラスが同じで許容範囲の人間だから付き合っているだけの、消極的友人関係なのかもしれない。いつもつるんでいたとしても、学校に行かなくなってしまった途端にどうでもよくなる人なのかもしれない。個人的に、この消極的友人関係ほど扱いに困るものはなかったなあ、という感想があり、もし、そんな消極的な関係であっても、世間体のためには必要だと学生さんたちが考えているのなら、それはかわいそうだなあ、とすごく思うのである。

友達同士は、基本的に相性がいい人同士が集まるものだとは思うけれども、その相性にもさまざまなグレーの濃淡がある。「一時間ぐらいなら一緒にいて耐えられる」レベルの相手から、「九時間は大丈夫だけど一泊はしんどい」だとか、「二泊三日の旅行の間も気まずくならない」などまでいろいろなのだ。わたしなら、「一時間ぐらい…」の相手に、毎日毎日気を遣って、話題を作ってへらへらしなければいけないとしたら、すごく辛く感じるだろうと思う。それでも、そんなことを世間体のために続けなければいかず、それもままならなければトイレに逃げ込むなんて破目になるなんて、食事は何の戦いの場だよ、ということになる。社会に出れば、一人ごはんが得難い癒《いや》しの時間になる可能性があるのに。

職場や学校といった出先でごはんを食べることの、ゆるいのかきついのかよくわからない縛りは、いったいどんな恩恵をもたらしてくれているのか。大人になったらみんな一人で食べてるよ、という論調にはしているけれども、職場によっては、デスクを移動させてまで「みんなで」ごはんを食べる所もある。わたしの最初の職場はそういうところだった。毎日外に昼食を摂《と》りに出ることは、奇異の目で見られた（今の職場でも、最初の数年は外に出ていたけれども、昼寝をすることに決めてからは社内で食べている)。

なんなの、ごはん＝コミュニケーションなの？　と訊きたくなる。でも、他人と常にごはんを食べている人が、コミュニケーション能力に優れているというわけでもないだろう。食べながら他人と喋ることが息抜きになる人もいるし、食事を一人で味わうことに安らぎを見出す人もいる。どうして後者は、働きに出る年頃までいないことにされているのだろう。

給食が悪いのか、と一瞬考えたけれども、そうでもないと思い直した。わたしの通っていた小学校は、クラスで月ごとに改編される班で食べていた。班には男子と女子が半数ずついた。仲良しかどうかは関係なかった。あれはあれでものすごく憂鬱だったけれども、食べることは単なるエネルギー補給だという割り切りがあった。また、全然興味のなかったクラスメイトのおもしろい一面を発見することもあった。

それに対して、好きな人達とわいわい言いながら食べるのがイイ！　という考え方は、自由なようでいて、「一緒にごはんを食べる人がいない自分の無価値さに対する自己嫌悪」みたいな、無用な感情を生み出している。それを感じることは脆弱《ぜいじゃく》だと言うのは簡単だけれども、大の大人だって、普通にカップル同士、家族同士、友達同士しかいないごはん屋にはいることは躊躇《ちゅうちょ》する。大人は、そういう店を避けることができるけれども、学校には逃げ場がないかもしれない。

集団の中で一人でいることは辛い、というのは、ほとんどの人が持っている感性であり、状況にどうしてもそういう方向に持っていかれる場合に対する具体的な対策などは思いつかないのだけれども、とにかく、食べることに伴う幻想が、時に人を息苦しくさせることはわかる。仕方がないので、一人で食べるのって気楽で、物の味がすごくわかって、おいしいと感じると心の底から食べてることへの感謝が湧き上がってくるんだけれども、と言い続けることにする。

そういえば、打ち合わせが終わった後に、一人でスープの店に入って、安堵のあまり泣きそうになったことがあるなあ、と思い出す。打ち合わせが辛いわけじゃなかったのだ。ただ、もうしゃべる内容をいろいろ考えなくていいなあ、ということがうれしかった。しゃべるのが嫌いなわけではない。むしろ好きなほうだ。というか、人といると必死で話してしまう。必要ともされていないかもしれないのに。いつも後悔している。

スープをかけたごはんを食べながら、一人で反省会をした。でももう終わった事じゃないの、あなたはうちに帰るところじゃないの、それで充分じゃないの、と、一人で食べるごはんは慰めてくれた。

# リラックスとサイクル

常になんの参考にもならないこの連載だが、今回は特にどうでもいいと思う。テーマは「本当の自分とリラックス」である。自分で自分のことがわからないなあ、とあやふやに生きている人以外には、関わるだけ時間の無駄かもしれないので、最初に注意書きをしておきます。

日経ビジネスオンラインのテーマとして適切なのかよくわからないのだけれども、今あえて、本当の自分はどこにいるのかということを考えてみようと思った。きっかけはいろいろあるのだが、とりあえず、未だにメールの絵文字をどこで使ったらいいかよくわからないことを思い出したからだ。

携帯の絵文字のリストをつらつらと眺めながら、こんなものも使えるのかー、と眺めるのは好きなのだが、今いちどう使ったらいいのかわからない。ａｕと契約しているのだが、「天狗」の絵文字があったりして、いったい携帯メールを使うような日常のやりとりのいったいどこに、天狗の絵文字を入れる瞬間があるのだろうなどと考えに耽《ふけ》る。

・息子が幼稚園に合格しました。鼻高々です（天狗）
・あの人って知り合いに金持ちが多いから（天狗）になってるよね
・生まれ変わったら（天狗）に育てられたいなあ。親に捨てられてるけど特別な感じがするじゃない？

のような感じなのだろうか。

ａｕの天狗は、黒目がちで口が半開きというぼんやり仕様なので、わたしは主に「朝急いでて、便器にハンカチを流しちゃったよ……（天狗）」というように、個人的に取り付く島のない話題に対して天狗の絵文字を使っている。

なんだ絵文字使ってるじゃないか、と思われたかもしれないけれども、わたしは「天狗」しか能動的に使えない。友人からやってきた、「飲み会のお知らせ（四葉のクローバーの絵文字）」みたいなメールをしげしげ眺めながら、もしかしてきれいな一筆箋に申し送りを書く感覚なのか、などと感心しつつ、「お誘いどうもありがとうございます（四葉のクローバー）」などと応用して返信するのが関の山だ。そして、自分と同様に絵文字を使う習慣のない人に「四葉のクローバー」を使用することはない。

前置きが長くなったが、もしかしてこれは立派な人格の使い分けではないのか、という考えに至ったのだった。

こんな間抜けな例を引き出すまでもなく、今の世の中の人々は、オンライン人格、オンライン人格の中のツイッター人格、ブログ人格、フェイスブック人格、Ｙａｈｏｏ《ヤフー》！知恵袋人格、オフラインで人前にいる時の人格、一人でいる時の人格、気のおけない人たちといる時の人格、など、さまざまな人格を使い分けている。

わたしは、オンラインでは何もやっていないけれども、会社・家・友達といる時（人によってそれぞれ）・打ち合わせ・通勤時・退社時・帰宅した直後・文筆作業中で、おそらく全部人格が違う。人格というとあまりに無責任な感じがするので、言い換えると、人間のトーンが違う。

その中で、どのトーンがいちばん自分にとって楽なのか、ということを、この半年ぐらいずっと考えていて、それが解明した暁《あかつき》には、一日の許される限りの時間を、その状態で過ごしたいと思う。ラジオで、電波状態の良い局を探しているような感じかもしれない。

端的に言うと、リラックスをしたいのだけど、自分なりに八方手を尽くしたわりに、どうにもならなかったので、せめていちばん楽な「本当の自分」状態を探し、その状態に自分をチューニングしよう、という魂胆なのである。

リラックスできないというのは、個人的に深刻な問題なのだった。

この一年ぐらいの間に持ち上がった問題なのだろうかと思っていたら、最近単行本用のゲラ作業をした二〇〇八年に書いた小説にもそのことが書いてあって、これは根深い、と顔をしかめた。気の休まるところにできるだけ身を置いていたいのだが、なかなかこれというシチュエーションが見つからないのだ。

リラックスできない、と書いているが、でもほんとは自覚できてないだけでリラックスしてるんでしょ？　と自分に対して思う。そうでなければ、もうとっくに会社も小説もやめているはずだろう。自分は日常のどこかで、つめていた息を吐き出している。だがその瞬間を自分でよくわかっていない。

家にいても、家に帰りたいなあなどと考えているのだった。会社でのその気持ちの残像が残っているのかもしれない。かなりいつも、家に帰りたい、寝たいとだけ思っている。寝床に入っても、寝たい、帰りたいと思っている。帰って寝ているのに。

これは、自分の願望を、帰りたい、寝たい、に集約することには無理があるのではないかと思い始めた。帰りたくない、寝たくないのではない。家に帰って寝るだけがやりたいことのすべてではないということで、欲望の見直しを図らなければならない。

いろいろな人格があると書いたけれども、結局、本当の自分に近いのは、一人でいる時の自分である。とはいえ、いついかなる時も、他人と同じ場を共有したくないというわけではない。ただ、とにかく気を使いすぎているかしゃべりすぎているかのどちらかなので、リラックスという状態にはないと思う。

だいたい、気の合う人と話した日は、家に帰るのも辛いぐらいへとへとになっている。そういう時にも、楽しかったのはものすごく楽しかったけど、帰れる、寝れる、うれしい、という気持ちが発動する。さっきまで、人にまともに喋ってもらってありがたい、と思っていた人間と、早くうちに帰りたい、と思っている人間が同じということに矛盾を感じるのだけれども、自分自身にはよくある話だ。

本当の自分＝リラックス→一人でいる時、ととりあえず絞り込んでみたが、まだ問題がある。自宅の布団に入っている時に、「家に帰りたい」と思うことがあるのはどういうことなのか。

おそらく、横になっているのに、頭が動きすぎていて、この一年ぐらいのさまざまな恥をおさらいしてしまうので、「家に帰りたい」という願望に落ち着いてしまうのだと思う。

一度反芻《はんすう》してしまった記憶は、横になるという行為とセットになって、折に触れてぶり返してくる。だから、頭が充分に休まっている状態ではないときに横になると、反射的にさまざまな、ばかなことをした、しゃべりすぎた、いいように使われた、余裕がなくて人に親切にできなかった記憶が甦《よみがえ》ってきて、ひどいときは「死にたい」とうなされている。自分のその発言を耳にして、何を大げさな、あほか、と思い至ってやっと眠る。

これは悪いタイプの「本当の自分」だと思う。辛いと思うことの栓《せん》を緩めすぎである。自然な状態ではあるけれども、よくない自然さである。わたしは放っておくと、どこまでもどこまでも後ろを向いてしまう人間なのだ。

それにしても、少しずつ見えてきた。適量の疲労があってこそのリラックスなのだ。ずっとリラックスしているかのように見える状態には、実はリラックスはないのかもしれない。

リラックスの実体そのものはまだつかめないが、この三ヵ月ぐらいの間、心が休まっているのではないか、と思える少ない瞬間を挙げてみる。

帰りの電車に座ることができて、音楽を聴きながら帰ったこと。金曜日に映画を観に行った帰りにラーメンを食べにいったこと。金曜日に映画を観に行った帰りにアイスクリームを食べにいったこと。休みの日に、半年かかっている本を読みながら、お湯が沸くのを待っていたこと。「金曜日に映画を観に行った帰り」というのがよく出てくる。片方はフクロウしか出てこない3Dアニメで、もう片方は『チェブラーシカ』である。金曜日は仕事をしなくていいと決めている日だからなのだろうけれども、会社には出ている。疲れてはいる。

何かの区切りが付く瞬間に、自分はリラックスするのではないかと考えるに至った。わたしはいつもストレスがない状態を切望しているけれども、それでも記憶がある限りは困ったことを思い返すし、それはもうどうにもならないものだ。次に会ったときにあやまり倒すぐらいしかできない。

リラックスするには、そこそこ疲れていなくてはならない。なんとも面倒なシステムだけれども、「べつに疲れていてもいい」と考えると、ほんの少しだけ心が軽くなったような気がした。

「とりあえず働いたら？」はマチズモか？

「とりあえず働いたら？」とわたしはよく言う。まあだいたい某ユーザーが質問に答える系のサイトのスレッドが家族の問題でぐちゃぐちゃに紛糾している時とか、木嶋《きじま》佳苗《かなえ》容疑者の行状について知った時とかだったりするのだけれども。

これを、自分には縁のないはずのマチズモだと疑っている。世の中には、働きたくても仕事がない人がごまんといるから、という時世的な理由はひとまずおいておいて、よく考えたら、まあ働かずに生きていく方法はいくらかはあるし、「とりあえず働いたら？」という考えは、多様な生き方を無視した、視野狭窄《きようさく》的な考えのようにも思えるようになってきたのだった。

それに、「働くこと」は万人に効く薬ではない。無理をおして働いたことによって亡くなる人もいるし、何より、わたしが身をもって毎朝嫌だと思っているだろう。おそらく、働くのをやめたら、わたしの内臓はきれいになるだろう。体もよく動くようになるだろう。海外旅行にも行けるし、習い事とかもできる。毎日楽しく暮らせるだろう。

しかしそれでも、わたしは働くことを奨《すす》めたいのだった。理由の第一はまあ、「お金稼がんと暮らされへんやんか」という経済的なものだけれども、もう一つの重要な理由は、働くことは自尊心と密接に関係していると考えているからである。

職務内容についての貴賤は、人それぞれの価値観の中にあるとしても、「働いている」という行動の状態は一律同じで、その仕事の中身によって「働いている」ということは損なわれないと思う。自尊心とかいっても、仕事内容そのものや、そこでの人間関係や給料が自尊心を失わせるんだよ、という事態も確かにあるだろう。わたしもある。末端の会社員としても、文章の書き手としても絶えずある。「内臓をきれいにしたいんです」という置き手紙を残して、すべての仕事から逃げたいこともある。それでも踏みとどまれているのは、でも自分は働いている、という自尊心によるものだ。逃げてしまって、それでらくになったり得たりするものもあるだろうけれども、「働いている」という自尊心は手放すことになってしまう。

働いていなかった頃の自分の了見の狭さ、何も持っていなさを考えるにつけ、働かないと、いい意味で無になるどころか、暇で矮小《わいしょう》で常に不安に押しつぶされそうな人間になることは目に見えている。

自尊心を得る方法はたくさんある。愛されたい人に愛されている。父である。母である。学歴がある。おもしろい人間だと自認できる。人生を楽しんでいる。また、金銭を得る方法もいくつかある。投資でもオークションでもいい。でも一定以上の運や能力のいることではあると思う。それこそ「持っている」ことが必要とされる。

「働くこと」は、様々な人間が生きている上での行動の中で、自尊心と金銭を同時に得られる数少ない手段なのだと思う。わたしは、本当にいろいろあるけれども、働いていることでやっと、普通の人になっている自覚があるからこそ、「とりあえず働いたら？」と言うのだろう。

「働くこと」は「それほどは持っていない」大多数の人が、それでもそれなりに誇りを持って生きていくための、もっとも妥当な方法である。だから人は、金銭的なことを越えたほとんど本能的なレベルで失業という言葉を忌避し、仕事に対して自分を調整しようとする。過労死やパワハラをおそれ、ひどく憤《いきどお》る。それらは、仕事の側に属するものであれ、人間から働くことを奪うものだからだ。

やっぱりこれはマチズモではない、と思いたいのだった。どちらかというと、推奨とか推薦ということにしておいて欲しい。働くことは、そうしないことよりはたぶん人をましにする。

ミ――ン…
シパパパ

うま
うま
ケッ

# Ⅳ　素人展覧会（第一期）

# 岡倉天心のフィギュアが欲しい

ボストン美術館　日本美術の至宝：大阪市立美術館
〈平成25年4月2日（火）～6月16日（日）〉

「ボストン美術館」なんだけど雲龍図《うんりゅうず》、という違和感のある車内吊りがいやでも目を引くボストン美術館展に行ってきた。なんでも、ボストンには日本美術の至宝があるんだそうだ。とりあえず、最大の注意事項として、日本美術を集めてたのはフェノロサさんとかビゲローさんとか横文字だが、本展覧会に展示されている作品を作った人たちは、みな日本の人である。

入場してすぐに、収集家の一人であるビゲローさんの肖像があるのはわかるとしても、岡倉覚三《おかくらかくぞう》の木像があるのは完全に不意打ちである。像自体とは素材違いの釣竿《つりざお》を持って、着物の上に毛皮を着ており、顔は純和風だけど、髪型やヒゲの感じは洋風、みたいなかなり自由な感じの岡倉天心《てんしん》（覚三）像なのだが、これがものすごくいい。なんというか、かわいらしいのだ天心。仕事机に置ける小さいフィギュアがあれば欲しいと思った。「ボストン」だけど日本美術しかない上、二作品目の、しかも収集者を模した作品にいきなりぐっとつかまれるという、規模のわりにトリッキーな本展覧会である。

全体の印象として、いちばん人気があったのは、展覧会の三分の一ほどのところに展示されている〈吉備《きび》大臣入唐絵《だいじんにっとうえ》巻《まき》〉だったように思う。みんな熱心に絵巻物をじいっと眺めながらもぞもぞしていて、なかなかそのエリアから人がひく様子がない。遣唐使である吉備真備《まきび》が唐に行き、のっけから夜になると周囲に幽鬼がうろつくという楼閣に案内されたりしてしまうのだが、その幽鬼が実は遣唐使の阿倍仲麻呂《あべのなかまろ》であることが判明し、共闘することになったり、空を飛んで試験問題の「文選《もんぜん》」をカンニングしにいったり、ルールを知らないのに名人と囲碁勝負をさせられることになり、阿倍仲麻呂（幽鬼）に囲碁を習ったり、碁石を飲み込んでズルをしたり、というかなり笑えるあらすじのもので、描かれている人々の様子もとてもコミカルで楽しい。その絵巻物を、一場面の見落としもすまいぞ、とお客さんたちがまじめに眺めている様子も、どうにもおかしかった。

絵巻物の後は、主に狩野《かのう》派の筆による水墨画などが続き、吉備真備でさんざんゆるくなった頭を、そうだ絵を観に来たんだと引き締めてくれる。狩野元信《もとのぶ》の手による

〈白衣観音図《びやくえ》〉の、なんだか生暖かい包容力、その弟である狩野雅楽助《うたのすけ》筆と言われる〈松に麝香猫図屏風《じやこうねこずびようぶ》〉のかわいくなくて悪い顔なんだけど最終的に可愛い猫などはぜひ眺めてモヤモヤしていただきたい。その後の近世絵画のエリアでは、狩野山雪《さんせつ》による「十雪図屏風《じつせつず》」が個人的にとても好きだった。雪の日を、寝転んだり雪かきをしたり話し合ったりしながら過ごす、ごくごく小さく描き込まれた人々の営みがとても愛らしい。

メインであるといえる曾我蕭白《そがしようはく》の展示が続く最後のエリアは、本当にどの絵も見所と言える。雲龍図はとにかくでかい。本当にでかいので、「これだけを見に来たんだ」という人も満足できると思う。曾我蕭白自身の簡単な年表もあるので、この作品を描いたときはいくつ、とかすぐに照らし合わせられるようになっている。個人的にショックだったのは、曾我蕭白が雲龍図を描いたのは三十四歳の時、という情報だった。自分は三十五歳だけどぜんぜん何もできてない……。その四年後の三十八歳で描かれた〈虎渓三笑図屏風《こけいさんしようず》〉や〈酔李白図屏風《すいりはくず》〉など、穏やかさと愉快さを増していく作風を眺めるのも興味深い。

そしてミュージアムショップはまさかの大充実であった。はんこ、ブックカバーノート付きとブックカバーのみ（各四種）、フリスクケースと、ありそうでないものが目立った上、メモパッドか一筆箋《いっぴっせん》、クリアファイル、チケットファイル、しおりがセットになった雲龍図セット九〇〇円と雲龍図以外のそれらの文具を集めたセレクトセット九〇〇円（通常は一一〇〇円とのこと）など、商売っ気が頼もしい。文具好きはショップだけでも充分楽しいと思う。

## うつわスパルタ教室

森と湖の国 フィンランド・デザイン：大阪市立東洋陶磁美術館
〈平成25年4月20日（土）～7月28日（日）〉

器がわからない。どのぐらいわからないのかというと、危なっかしいので身の回りのものは全部プラスチックにしたい、と迷いなく思ってしまうぐらいわかっていない。実際、仕事をしながらお茶を飲み始めて最初の二年ぐらいは、大きなプラスチックのコップでなんでもやっていた。しかし、いつも使っていたものが生産停止になってしまったので、ガラスのコップなどを買う必要に迫られたのだけれども、基準が「丈夫か？」「大容量か？」しかなかった。大きくて頑丈ならそれでいい。

そんなわたしだが、フィンランドで作られたガラスの器をたくさん見に行くことになった。展覧会の英名は『GLASS DESIGN from FINLAND』という。器もわからなければデザインも同じぐらいわからない。大丈夫なのか？　と恐る恐る東洋陶磁美術館に行った。

でもそんな心配は、展示室の入口に大きく掲げられたポスターの、〈アールトの花瓶〉のぐにゃぐにゃさ加減を目にしたら吹っ飛んだ。なんかいいのである。言葉にするなら、形が面白くて色がきれいでシンプルでいつまでも眺めていられる、という小学生みたいな様子になるのだが、そういう箇条書き的な「いい」以上に、おおうと思わせる魅力がある。最初の第1会場ですぐに現物を見ることができる花瓶には、やはり見入ってしまった。他の展示物にも、なんとも目を離し難い魅力がある。後ろにいた分別ざかりの女性二人組もまた、いいなあ、いいなあ、と話し合いながら展示物を見た後「でも自分なら割る」というところに話を落ち着けていたことに共感した。そのこ作品を眺めていると、それが器や花瓶であることをほとんど忘れてしまう。そのことがだんだん不思議になってきて、でも器は器だし花瓶は花瓶なので、何を盛っても生けてもいいんだな！　とからかいたくなるものの、それでもやっぱり、いいんだろうなあと思う。たとえ盛りつけられるものが、純和風な納豆とか、わかめときゅうりの酢のものとかでも、器の魔力は減少しなそうだ。そしていつしか、すみません、部屋を片づけます、と思い始める。器に見合う部屋を用意したくなるのだ。そうして主役になった器が、取るに足らない自分の存在を静かに消してくれそうな予感がしてくる。

順路を進むうちに、〈悪魔の真珠〉とか〈悪魔の道具〉なんていう名前のものが現れてきて、ちょっと笑ってしまいつつも、やはり作品の様子を言い当てていて神妙な気持ちになる。一九六〇、七〇年代のものになると、その傾向は加速し、〈ミツバチの巣箱〉と名付けられたタンブラーのセットや、〈サルガッソ〉という泡入りガラスのボトルと器、〈イヌイットの山小屋〉なるやはり泡入りガラスの大きくて底の深いボウルとタンブラーなどが展示されている。個人的に、もっともぐっときたのは、〈農場労働者〉という、でっかくて丸くて緑色をした水差しやタンブラーの一組であった。なんというタイトル。しかも作者名はなく、「グラスブローワーズ・オブ・フンピッラ」とだけある。詠《よ》み人知らずなのにこのシュールさ。でも見れば見るほど〈農場労働者〉という丸っこさと重心の低さなのだった。

器のぜんぜんわからない人が、一息に一五〇組以上のガラスの器を見る、という、器スパルタ研修のような観覧だったのだが、謎かけのような飽きないそれぞれの形を眺めるうちに、だんだん好みかそうでないかぐらいはわかってくるのが楽しい。順路を消化し終わった後は、トイレの便器とか手洗い場とかまでしげしげ見てしまい、おお、と一人感心していた。物の形には意味があるということを実感したのだった。

ミュージアムショップでは、フィンランド製だったりフィンランドっぽかったりする食器や文具が多数売られていた。展覧会オリジナルものは、Ａ６サイズのクリアファイル（三八〇円）一種のみだと思う。ちなみに、東洋陶磁美術館の館長の名前は出《で》川哲朗《がわてつろう》さんという。

## 由緒正しすぎる雑貨店

マリー・アントワネット物語展：兵庫県立美術館
〈平成25年7月6日（土）～9月1日（日）〉

マリー・アントワネットに興味がない人はいないと思う。女の人は当然として、男の人も、なんだかこの、手が届かないぐらい高貴なんだか、でもキャラ的には相手してくれそうなゆるさがあるんだか、絶世の美女なんだか、となりの女の子っぽくもあるんだかよくわからない、ただ金遣いは超荒いということだけがはっきりしているマリー・アントワネットを、ぜんぜん気にならないという人はいないだろう。なに考えてんのかよくわからんなあ、でもかわいいからいいかあ、という印象を振りまきながら、最後は断頭台で死ぬ人生。人がマリー・アントワネットに興味を持ってやまないのは、そういう筋の通らなさにあるのではないか。

などともっともらしいことを言いつつ、実は雑貨を見に行ってきた。五年ぐらい前に『ルーヴル美術館展』で見た、マリー・アントワネットの野点《のだて》用具が本当にすばらしかったからだ。言うなれば、二億ぐらいするままごとセットみたいなものなのだが、あまりのかわいさに、思い出すたびにうぉーと唸《うな》りそうになる。そういうわけで、骨董《こっとう》を見に行くような気持ちで、展覧会に足を運んだ。入場してしばらくは、マリー・アントワネットの人生とその周囲、時代背景などを説明する絵画や資料が展示されている。彼女は顎《あご》が割れているんだが、お母さんのマリア＝テレジア、お兄さんのヨーゼフ二世もそうである。家系か、としみじみする。そして夫、ルイ十六世のとどまるところを知らないもっちゃり感よ。当時の画家も補整しようのないもっちゃりだったのか。「内向的で優柔不断、孤独を愛する」という性格に、おまえはわたしか！ と密かに突っ込む。

このあたりから、じょじょに雑貨が展示され始めるのだが、まずは〈ほくろケース〉なるものに興味をひかれた。当時の女性達は、吹き出物など顔の何らかの欠点を隠したり、肌の白さを際立たせるために、付けぼくろを顔に貼っていたのだという。要するにコンシーラー代わりに、ほくろを付けていたとのことだが、吹き出物なんて時期によって出る場所が変わるのに、ほくろがそんなに移動していいだろうか？ と疑問を持った。でも、楽しいような気もする。二週間ごとぐらいに、顔の違う場所にほくろを付ける生活。

宝飾品の類《たぐい》や、卓上の糸車、マリー・アントワネットの懐中時計やそのねじ（ルイ十六世が作ったそうだ）、使用していた扇や小物入れの数々など、『由緒正しすぎる雑貨屋』という様相を呈する中、わたしが最も見物をおすすめするのは、「思い出の小箱」という名前の、大きいライターみたいな形をした小箱と、その中におさめられているというペンと、鋲《びょう》で何枚か留められた象牙《ぞうげ》の薄板である。これらは、舞踏会用の手帳として持ち出され、夜会のダンスの順序や、曲ごとのパートナーの名前を書き留めるために使われていたという。要するに、貴族のメモ帳である。豪華な単語帳に見えるのである、これが。単語を覚える用がなくても、今すぐ単語帳を作って表紙をデコり倒したい衝動に駆られる代物である。他にも、ヴェルサイユ関係者に配られていたガイドブックのような、ちっちゃな〈ヴェルサイユ年鑑〉、復元された宮殿内の絹織物など、雑貨好きにはたまらない展示物が続く。ドレスの展示もあり、撮影もできる。

出口付近では、静かにマリー・アントワネットの最期についての展示が続き、しんみりとした気分にさせる。究極に激しく揺れる時代の流れの中で、立派な女の人になっていった普通の女の子の人生を想い、溜め息をついたのもつかの間、ミュージアムショップの充実振りに小躍りした。チョコレート、紅茶、ジャム、一筆箋、クリアフアイル全六種、ソーイングセット、携帯ルーペなど、たくさんのオリジナルグッズの中、わたしがお勧めするのは、ヴェルサイユ宮殿の織物の柄の折り紙である。さまざまなミュージアムショップを遍歴したが、折り紙というのは画期的である。流行を期待する。

# うまうま、とケッ

フランス国立クリュニー中世美術館所蔵《貴婦人と一角獣》展：国立国際美術館
〈平成25年7月27日（土）〜10月20日（日）〉

一角獣は大変獰猛《どうもう》だが、純真な乙女には気を許し、膝《ひざ》に甘えてきたりするんだという。その条件にはたぶん、「美人」とか「若い」という要素も付け加えられるんだろう。明らかに、自分には一角獣は寄り付かないな、ということがわかる。メガネを掛けているだけでたぶんだめだ。あと賢いらしいので、わたしが夜な夜なドクロTシャツを着て、スポーツの試合の録画を観ながらぎゃーぎゃー言っていることにも、すぐ気が付くだろう。なのでたとえば、森でわたしと一角獣が遭遇したとして、わたしは有蹄類《ゆうているい》が好きなので、おお、うまうま、と近付いていっても、一角獣はケッて感じでどこかに行ってしまうに違いない。

そういうわけで、貴婦人でもなければ一角獣にも好かれないわたしが、『貴婦人と一角獣展』に行ってきた。死ぬほど混んでいる覚悟で。どうしてそんなふうに思ったのかというと、今は亡きサントリーミュージアム［天保山《てんぽうざん》］で開催されていた『ミュシャ』展がものすごく混んでいたからである。日本人は、なんだかんだで線画の美人が好きだ（あとフィンランド）。「線画」というのがみそで、ミュシャはアホほど混むのに、マリー・ローランサンやルノワールは意外とそうでもない、という事象が物語っている。あと、やっぱりきらきらした華美な絵が好きだ。全体的にきらきらした美人の線画。〈貴婦人と一角獣〉は、タピスリーであるので「画」ではないものの、線画のように輪郭がはっきりしているため、まさしく日本人の琴線《きんせん》をかき鳴らしまくる逸材であるに違いない、とわたしは確信し、畏れ、敵視していた。なら行くなよと言わないでほしい。わたしも線画の美人が好きな日本人の一人なのだ。

しかし、蓋《ふた》を開けてみると、「国立国際美術館を一周してるんと違うんか」と予想していたほどの行列ではなかった。かなり人はいたのだが、「線画の美人に目がない日本人め！」と憎しみがこみ上げるほどではない。品が良い程度である。広大な部屋に、タピスリーが余裕を持って展示され、そこをぐるぐると行き来しながら、時には部屋の真ん中から作品を眺めるのは、至福と言っていいぐらいの贅沢《ぜいたく》だった。

タピスリーはでかい。本当にでかい。気持ち八畳ぐらいある。最初に見ることができる〈触覚〉でそんな感じなのだから、それより大きい〈我が唯一の望み〉などは推して知るべしである。そして細かい。美しい。〈触覚〉〈味覚〉〈嗅覚〉〈聴覚〉〈視覚〉〈我が唯一の望み〉と名付けられた各作品は、とても観念的で、それぞれに細かい関連がある。物語性を見ようと思えばいくらでも見つけることができるだろう。

しかしわたしは、獅子もレギュラーなのにないがしろでかわいそうとか、モデルは共通しているのかもしれないが〈聴覚〉の人が図抜けて美人なのはなんでかとか、侍女と比べて貴婦人がでかくてびっくりした、という意味っぽいこと以上に、「きれいなものを作ったるねん！」という異常なまでの気合を感じた。一枚でもだいぶ大変そうなのに、六枚も作ってしまった。まさに美の修験道《しゆげんどう》である。作った工房の人、誰か過労死してないだろうか。また、貴婦人と一角獣のシリーズだけでもえらいことになっているのに、そのあとに展示されているタピスリーも大変なことになっていた。特に〈放蕩《ほうとう》息子の出発〉という作品のスケールはすごい。一見の価値はあると思う。

ミュージアムショップもすごかった。クリアファイル、ポストカード、一筆箋、手帳サイズのノートといった定番商品の他、〈我が唯一の望み〉をプリントした缶入りのチョコ、絆創膏《ばんそうこう》、シール、ワッペン、ゴブランバッグなど盛り沢山である。特筆すべきは、ツバメノートと作ったというA5ノート三種だろう。怖いぐらい買ってしまった。恥ずかしくて何冊買ったかは言えない。

# 微笑みの補給ポイント

北魏　石造仏教彫刻の展開：大阪市立美術館
〈平成25年9月7日（土）～10月20日（日）〉

夏が暑かったせいか、書き下ろしの小説を脱稿したせいか、冷房病的なものが原因なのか、それとも歯医者通いをしているからか、とにかくものすごく疲れていたのだった。どうにもだるさがひかず、いつもぐったりしている。せっかく外出しても、すぐに家に帰りたくなってしまう。布団はまだか、とほとんど這《は》うようにして地元の駅を歩いていたところ、微笑みかけられてしまったのだった、この展覧会のポスターに。「美術館でお会いしましょう」と妖《あや》しくささやく、紙面いっぱいに印刷された穏やかすぎる仏様の顔面は、いったん前を通り過ぎたのに、再び戻って確認してしまうほどのインパクトで、疲れ果てていたわたしは、癒しと許しを求めて、後日ふらふらと大阪市立美術館を目指したのだった。

くだんのポスターの仏様は、〈菩薩立像頭部　河南《かなん》省龍門《りゅうもん》石窟《せっくつ》賓陽《ひんよう》中洞《ちゅうどう》将来《しょうらい》〉というもので、六世紀前半の中国（北魏《ほくぎ》時代）に造られたそうだ。今、ポストカードを傍《かたわ》らに置きながらこの文章を書いているのだが、眺めているうちに目が離せなくなって、作業の手と頭の動きがぬるりと止まったまま、一時間ぐらい平気で過ぎてしまいそうな様子である。暑くたっていいじゃない、眠くたっていいじゃない、お楽になんなさいよ、ウフフ、うまくいっても、うまくいかなくても、洗濯物が溜まってても、この原稿を書きながら居眠りしても、晩ごはんに何食べるかがまだ決まってなくても、いっときのことよ無問題よ、ウフフ。などと、おおらかな気持ちになってくる。つねづね、人間の状態において、もっとも難しいのはリラックスである、と主張しているわたしとしては、これはけっこうすごいことで、真に脳が休憩している感じがする。ありがたい。

ポスターの菩薩様のことばかり書いているが、実際に展示されている仏像の穏やかさの目白押しぶりもすごかった。まず、入場していちばん最初に見ることができる、小さな如来坐像（四六六年造）におけるなごみの実力が大変なことになっている。しみじみキュートで、まるまるとしていながら、とてつもないバランスに恵まれている。赤ちゃんのようでもある。あまりに離れがたく、すべての仏像を見終わった後にわざわざ戻ってきて、気が付いたらケースの周りを十周ぐらいしていた。

異様な完成度の如来坐像を皮切りに、入場者はおそらく、向こう二年分ぐらいのほほえみを浴びることになる。北魏とは、三八六年から五三四年まで続いた、騎馬民族によって樹立された王朝であり、この展覧会は、北魏の時代の石造りの仏教彫刻を展示している。興味深かったのは、北魏の王朝がもともと仏教を信仰していない非漢民族でありながら、地域の安定と支配のために仏教をどんどん取り入れ、その上で、地方では、伝統からはみ出した、妙に頭が大きかったり、服の感じがちょっとでたらめだったりする仏像がたくさん造り出されたという経緯である。これがなんというか、地方の人の創作意欲を感じさせておもしろいのだ。たとえば、『多彩な地方性』という展示の最初に現れる如来坐像（六世紀前半造）の「てへっ」て感じの顔とか、石の平面に彫り出した仏像の周囲に知っているだけの仏教に関する図像を彫りまくりましたというような詰め込まれ感などは、一貫して観る者をほっこりさせるのである。一五〇〇年以上前の、中国の地方にいた石工や、彼が造った仏像を崇《あが》めていた人々について考えさせられる。冒頭のまるい如来坐像や、重要文化財である菩薩半跏像《はんかぞう》（北魏六世紀前半）といった強烈な完成度を感じさせる仏像と、地方で造られたという素朴でふんわりした佇《たたず》まいの仏像たちに通じるのは、本展覧会の主催側が打ち出しているように、「優しさ」である。

展覧会グッズは、一筆箋、クリアファイルがともに一種、ポストカードが六種である。静謐《せいひつ》な作品と空間は、どこかイージーでもある。行き詰まった時に一人で訪ねると良いと思う。

## プーシキンの女の人たち

プーシキン美術館展　フランス絵画300年：神戸市立博物館
〈平成25年9月28日（土）～12月8日（日）〉

もやもやしたピンクの背景の前面に頬杖を突いて佇む、ぽやんとしたタヌキ顔女性。どうもルノワールが描いたらしい、と知らなければ、わたしは七〇年代初期の女性シンガーソングライターのレコードのジャケットかなんかだと思っていただろう。いや、そういうジャケットがあったとしても、それまでにあった肖像画の模倣《もほう》ということになるのだろうけれども、とにかく描かれた女優のジャンヌ・サマリーさんのぽやん感は、なんだか現代的である。ぽやんで大変けっこう。女の子は女の子というだけでいいんだから、表情とか無理に作らんでけっこう。なんだかそういうゆるさが漂っている。

ざっくり言うと、〈水谷豊《みずたにゆたか》音声ガイド〉と〈女の人（女体）をどう描くかの変遷《へんせん》を見る〉という、かけ離れた二つのテーマに二分された『プーシキン美術館展』であった。展覧会のはじめの方は、もはや絵のことより豊さん音声ガイドのことで持ちきりである。「右京さんやな」とか「うまく考えたな」という、使用者の忌憚《きたん》のない声が聞こえる。なんだか、入場者の半分ぐらいはヘッドホンをしているようにすら思えてくる。水谷豊音声ガイド恐るべし。
　わたしも音声ガイドを利用したかったのだが、この欄にそのことばかり書いてしまいそうな気がしたので、そこはぐっとがまんして、絵画の鑑賞にいそしんだ。でも音声ガイドが心残りで気乗りしなかったのか、じじい二人が金持ちの妻である沐浴《もくよく》中の若い女性に「若い男と姦通《かんつう》していると言いふらすぞ」と擦《す》り寄る〈スザンナと長老たち〉を観ては「いやらしい」と言い捨てたり、ディアナの従者であるカリストを、ディアナに化けたユピテルが誘惑する〈ユピテルとカリスト〉を観ては「ひくわー」と毒突いたりしていた。その一方で、〈けちな女の愛人は詐欺師〉とか〈猫の勝利〉とか、細かい題材を扱った絵を観ると安心する。絵は何を描いてもいいようだ。

　絵の題材に気をとられていて、なかなか展覧会に入り込めなかったのだが、アングルの〈聖杯の前の聖母〉まで来ると、さすがにヒャッホーという気分になった。十九世紀前半の絵画を展示しているその界隈《かいわい》では、〈エリザヴェータ・バリャチンスカヤ公爵夫人の肖像〉という、言うなれば『風と共に去りぬ』のヴィヴィアン・リーに似た雰囲気の肖像画が大人気で、人だかりができていたのだが、その斜め後ろに展示されていた〈マムルーク〉というイスラム風の軍人男性の絵の前には誰もいなかったのが興味深かった。絵の題材として、清楚な美人は眉毛のつながったイケメンより強いのか。仕方がないので、わたしが〈マムルーク〉の前に長くいて盛り上げようとしたのだが、そんなに人は来なかった。

その後は、十九世紀後半のモネ、ドガ、ロートレック、セザンヌといった有名どころの展示が続く。ルノワールのジャンヌ・サマリーも、その周辺にある。ジャンヌさんのゆるっとさりげない様子は、どうにも異彩を放っている。〈スザンナと長老たち〉でむっとしたことからの女の人像の変遷を記してみると、半裸で嫌がらせを受けている（スザンナ）↓有名人で祈っている（聖母）↓きりりとすましている（エリザヴェータ）↓ぽやんとしている（ジャンヌ）、になる。もちろん、この展覧会だけの文脈に過ぎないのだが、女の人がどう描かれるかが、少しずつゆるくなっていることがわかる。図録によると、ジャンヌ・サマリーは実は、凜々《りり》しい顔立ちで大柄な、粗野な田舎娘を得意とする女優だったそうだ。

グッズは、ダブルクリアファイル、一筆箋、マグネットといった定番の他、フィナンシエ、ジャム、キャンディといった甘い物が充実していた。けっこう普通だなあ、と見て回っていると、ナガサワ文具センターが展開しているＫｏｂｅ ＩＮＫ物語シリーズの展覧会限定「ルノワール　ピンク」なる商品に度肝を抜かれた。ジャンヌさんが立体的に印刷されてる箱がおしゃれすぎである。一瞬で買った。

# 洋館でRPG

光と灯り：アサヒビール大山崎山荘美術館
〈〔前期〕平成25年9月21日（土）〜平成26年1月13日（月）〉

大山崎《おおやまざき》。大学の時は、通学のために毎日梅田から烏丸《からすま》まで特急に乗っていた身としては、馴染みがあってもよいはずの駅名なのだが、個人的には、高槻《たかつき》と長岡天神《ながおかてんじん》の間の三大影の薄い駅の一つである。その中でも最も没個性なのが大山崎であった。だって上牧《かんまき》という名前は珍しいし、水無瀬《みなせ》は水無瀬病院とかが窓から見えてやや栄えていそうなので、もしかしたら、高槻市〜長岡天神間の三大影の薄い駅のうちの親分格なのかもしれない。しかし、大山崎のことは何も知らない。なんだか遠く山の手に、サントリーのマークがくっついた四角い建物が視認できるぐらいである。のちにわたしは、サントリーの山崎工場を見学し、酒飲みには重要な土地であることを知るのだが、再び大山崎を訪れることがあるとは考えてもみなかった。
おまえはモネが好きだと言い張っているが、大山崎に〈睡蓮〉があることも知らないのか、という情報を得たのが、今年（二〇一三年）の十月のことであった。情報提供者の物言いは、本当はこんなに厳しくはなかったのだが、こう聞こえたぐらいショックだった。場所はアサヒビール大山崎山荘美術館。折りよく『光と灯り』展への派遣の指令が下ったので、情報提供者である友人と観に行った。

貨物線が通るためか、撮鉄と思《おぼ》しき少年がヒューヒューと言いながらカメラを構えている様子を尻目に、JRの踏切を渡り、坂を上ってトンネルをくぐると大きな洋館がある。加賀正太郎《かがしょうたろう》さんという大正時代の大金持ちが建てたものらしい。ちゃんとしたドアノブを捻《ひね》って中に入ることに、強烈なお宅訪問感が漂う。レトロで落ち着いた「ええ雰囲気」としか言いようのない空間の中におずおず入って行く。以前も訪れたことのある友人によると、船をイメージしたものらしい。しかし、河井寛次郎《かわいかんじろう》やバーナード・リーチによる器や壺や箸《はし》置きが宝物のように展示されていたかと思うと、長い渡り廊下を通って、ペルシャのお皿や黒田辰秋《くろだたつあき》の風流な灯火器を観に行ったり、部屋を移動すると唐突にパルミラ出土の彫刻が展示されていたりする様子に、船というかこれはあれに似ている、ともやもやし始めた。

〈睡蓮〉が展示されているという、安藤忠雄《あんどうただお》氏設計による「地中の宝石箱」（地中館）への打ちっぱなしの階段をガッガッガッと降り、〈睡蓮〉他、ルオー、クレー、ミロ、ボナール、ヴラマンクが展示されている、広すぎも狭すぎもしない、ちょうどいい塩梅《あんばい》の丸い部屋へと辿り着き、〈睡蓮〉の前に立ったときに、これはあれだ、ドラクエだ！　と気が付いた。〈睡蓮〉の前が回復ポイント（他のRPGならセーブポイント）。ちゃんと椅子まであり、座ると、ピョーン、とかいう音がして光に包まれそうだ。向かって左側の端に立っておられる警備員さんの配置も、絶妙にドラクエである。よし「はなす」だ。「＊とうびじゅつかんに　すいれんは　５てん　あるのだが　てんらんかいに　よって　てんじされている　ものが　ちがう　ずいじ　といあわせよ」。了解です。

　初めて見た二点の〈睡蓮〉は、観る位置によって表情を変える、生き物のような絵だった。いや、そういうたとえ話は絵に対して失礼な気もする。印象派がなぜ「印象派」というのかが、今年に入るぐらいまでわからなかったというお馬鹿さんなわたしなのだが、モネの絵を眺めてようやくわかったのだった。対象は変わらなくても、こちらの目と光の相互作用は刻々と変わる。まさしく「印象」を描きつけているんである（でもこの考え方は間違ってるかもしれない）。〈睡蓮〉は、どこから観ても少しずつ違う光が見える。

　グッズは、クリアファイル、メモ帳、一筆箋、ボールペンセット、マグカップ、ミニ屏風など。喫茶室のテラスからの眺めは大変よく、お金持ちになった気分が味わえる。日帰りの軽いリゾートとしても良いと思う。建物、庭、眺望の三点セットで、真の「道楽」が垣間《かいま》見えるはず。

# モノクロな静寂と間

物黒無　モノクローム：正木美術館
〈後期〉平成25年11月16日（土）～平成26年2月2日（日）

忠岡《ただおか》。そこは南海本線泉大津《いずみおおつ》から各停で一駅。そしてその駅から徒歩十五分の距離にある建物、と聞いて、あなたが近くに住んでいるわけではないとしたら、何か想像できるものがあるだろうか。などと先月と同じような駅の話から始めて申し訳ないのだが、正解は正木《まさき》美術館である。忠岡という土地には行ったことがない上、おまけに電車の中で自分が千五百円しか持っていないことに気が付いたという、大変緊張した取材であった。入場できるのか。

結局、コンビニでお金を下ろせたのだが、忠岡が知らない土地であることに変わりはない。おずおずと国道沿いを歩き、ファミレスぐらいでかい「リバージュ」というケーキ屋を発見して、あまりに大きいので、もしかしてこの店が忠岡のケーキ欲を一手に引き受けているのか、などと後ろ髪を引かれつつ、閑静としか言いようがない住宅地へと入っていった。どこも同じに見える豪邸が続き、不安は高まってゆく。本当にあるのか美術館。徒歩十五分は伊達《だて》ではない。道、間違えたな……、と諦めかけたときに、正木美術館はふと姿を現した。こぢんまりとした落ち着いた佇まいと整えられた庭が、周辺の住宅地の延長のような、しかし厳然と分断されているような、異空間のごとき雰囲気を醸《かも》し出している。

美術館内部にも、独特の空間が広がっていた。展示スペースとこちらを隔てるガラスに、透明フィルムに印刷された解説が直接貼ってあるとかおしゃれすぎる。しかも、いきなり十三世紀のお坊さんの夢日記（明恵上人《みようえしようにん》筆〈夢記断簡《ゆめのきだんかん》〉）で始まる。日記の内容は、後白河院《ごしらかわ》と付き合っていた藤原成親《ふじわらなりちか》（男）に、少女が行儀作法の手ほどきを受けているというもので、少しあやしい。落ち着きとおしゃれに、もやっとした違和感が加わるのである。次に、杉本博司《すぎもとひろし》氏の剝製《はくせい》を写した一九九四年のモノクロ写真〈カリフォルニア・コンドル〉を挟んで、鎌倉時代に書かれた〈大燈国師《だいとうこくし》墨蹟《けい》林偈《りんげ》・南嶽偈《なんがくげ》〉がそれぞれ展示されているのも独特である。進んでいくとわかるのだが、単純に、年代順だとか、展示物の形態でひとかたまりにするのではなく、作品の順番やレイアウトも一つの作品のようになっていたりする。〈華厳滝図《けごんのたきず》〉の右に〈五祖弘忍図《ごそこうにんず》〉、左に〈六祖慧能図《ろくそけいのうず》〉というレイアウトなどは、まるで写し取られた華厳の滝の周辺で、弘忍や慧能が修行をしているのではないかと想像させるような楽しさがある。また、〈虚堂智愚《きどうちぐ》墨蹟　送僧偈《そうそうげ》〉の両側に〈松林図《しょうりんず》〉が配置され、その下方に茶碗や卓などが置かれている様子は、それぞれの作品の間で見えない緊張の糸が引き合っているような、そこにある摂理が見えるような見えないような、不思議な気分にさせる。作品そのものを観るために近付いている時と、少し離れて観た時では、まったく印象が違う。作品同士が、ひそひそと語り合っているようにも見える。

他、六メートルの長さの中にさまざまな物語が潜んでいそうな等春《とうしゅん》の〈瀟湘《しょうしょう》八景図《はっけいず》〉、主線がすべて梵字《ぼんじ》で描かれた文殊《もんじゅ》菩薩という変り種の〈梵字文殊図〉や、十六世紀に焼かれた古信楽《こしがらき》の花入れに生けられた、須田《すだ》悦弘《よしひろ》氏の手による二〇〇八年の〈白椿《しろつばき》〉など、興味深い展示には事欠かない。〈解体新書〉まで観ることができる。作品それぞれに慣れた後に、もう一度それぞれのレイアウトを込みで観て回ると、もともとの作品の中に別の何かを見出すことができて、よりおもしろいと思う。眺めるという行為の興味深さ、静かさが存分に体に入ってくる。

グッズは、クリアファイル二種と一筆箋、ポストカードなど。他に、作家さんの手による和綴じと竹綴じのノートなどが売られている。ちなみに件の「リバージュ」は、時間の都合で飲食はできなかったのだが、とにかく中には入ってみた。ケーキ以外のお持ち帰りのものの多さがやはりファミレス的で、非常に懐かしい気分になった。サイトも見に行った。食べ放題の日とかあるのか……。

# 打ちのめすターナー

ターナー展　英国最高の風景画家：神戸市立博物館
〈平成26年1月11日（土）～4月6日（日）〉

ターナー来るで、という広告を見かけたときは、ターナーかー、ぐらいの感触だったのだが、『日曜美術館』で〈レグルス〉についての解説を見かけておおっとなり、その足で初日に出かけた感じだ。でも他の絵も、本当におもしろかった。おもしろすぎて、ものすごく疲れた。個人的には、「船ばっかり描くイギリスの変わった人」だったターナー像が、「ものすごく絵がうまくて絵が好きで、手本にすべき異常な視点を持ったイギリスの変わった人」に変貌したのだった。美術館から出てくる頃には、音声ガイドが辰巳《たつみ》琢郎《たくろう》だったことはもはや記憶の彼方《かなた》である。

最初は基本的に、ずーっと風景か海景が続く。ほぼカレンダー状態といえばそうなのだが、似て非なるものだ。的外れだったら申し訳ないのだが、カレンダー的風景が、見ていて気持ちいい、とか、壮大で美しい、といった、観る者の気持ちを撫でるような意図があるとすれば、ターナーの風景画は、もっと原初的な感情を呼び起こすように思える。それは、山が大きいだとか、短距離走の選手の脚《あし》が速いだとかいったことに感動するのにも似ている。「きれい」とも「個性的」とも違った謎の「良さ」を説明してくれる、「『崇高』の追求」という文章を掲げてくれているのが、とても親切だった。曰《いわ》く、「見る者に畏怖を抱かせるような途方もないものに美を見出す価値観」であるとのことだ。美が何かはよくわからないのだけれども、ターナーが描いた「すごい風景」は、それが観る者の人生や憂《う》さをどうこうしてくれるという恩恵は別にして、「すごいもの」として独立して存在している。それがすばらしいと思う。何枚も何枚も見ているうちに、うだうだ考えながら頬杖をついているちゃぶ台をひっくり返される気さえしてくるのだ。絵に。

イギリスの国土の風景が続いたあと、ターナーはイタリアへ行き、いよいよ〈レグルス〉の所にやってくる。レグルスとは、ローマの将軍の名前で、第一次ポエニ戦争の際にカルタゴに捕えられ、和平交渉の使命を受けてローマへと戻されたものの、それを果たそうとしなかったのでカルタゴで幽閉され、まぶたを切り取られたのだという。〈レグルス〉は、暗い牢獄から外に出されたレグルスが、太陽の光によって失明する瞬間を、レグルス自身の視点から描いた絵である。ものすごくひどい話だ。しかし、そこから絵を描くのは、恐ろしく興味深いことである。絵に描かれている光は強烈で、息が詰まるような気がする。なんでそんなえらい地点から絵を描こうと思ったのか。絵そのものの力もさることながら、動機のクリエイティビティもすごいので、なんだかもう身を正された。単純に、自分も頑張っていい仕事をしよう、と思った。〈レグルス〉の時点で、もう終わっていいっす、というぐらい腹一杯だったのだが、その後もえんえんとターナーは続く。本当に、船と海が好きなのか、海戦から座礁事故まで何でも描く。しかし「カラー・ビギニング」と名付けられた、色彩実験のための抽象的な習作のたぐいはとても繊細で、船と海が好きな絵のうまいおっさんのイメージを覆す。個人的に好きだったのは〈戦争、流刑者とカサ貝〉と〈平和―水葬〉の一対だった。特に、〈平和〉の海景と友人の死を悼《いた》むヴィジョンの融合の様子は、痛切かつ創造の力に満ちている。

グッズは、A4クリアファイル四種、A5クリアファイル四種、ダブルファイル、チケットファイル各二種、マグカップ四種、しおり、付箋セット、ボールペンセット、紅茶各二種、スコーン、レターセット各二種、画材メーカーのターナーの絵の具セットなど、大変なことになっていた。ここが神戸市立博物館であるとはいえ、まさかなとは思ってたが、ナガサワ文具センターがまたインクを出していた。その名も

「ターナー　カフェ」といい、落ち着いた中にも明るさを感じさせる茶色である。やはり買った。

## かき立てられる未知のオホホ

フルーツ・オブ・パッション　ポンピドゥー・センター・コレクション：兵庫県立美術館〈平成26年1月18日（土）～3月23日（日）〉

ポンピDO！　すみません言ってみたかっただけです。でも言い訳ではないんですが、個人的に感じたテイストはまさにそんな感じでした。この教養のない自分にわかるんかしら（でも観に行きたい）という二分された気持ちで兵庫県立美術館を訪れたのだけれども、いやいや楽しかった。

旅行の打ち合わせのついでに、「なんかようわからんけど、たぶんおもしろいと思う」という非常にあいまいな誘い文句のもと、友人に同行してもらったものの、「イントロダクション」の抽象画のエリアでは、わからんかったらすまん友人、自分もかなりわからん、とちょっとおどおどしていた。絵を観て、注釈を読んで、そしてまた絵を観て、という過程で、なんとなく趣旨は見えてくるし、ある種の心地好さのようなものも感じるのだけれども、このままずっと続いて大丈夫か、と。しかし、「フルーツ・オブ・パッション」の部へと入ると、それぞれにおもしろいと感じる作品、興味を惹かれる作品が出てきて、心配は解消した。

作品にふれてゆくうちに、本当にさまざまなことが形や映像になっていて、何を感じてもいい、と気付かされる。アンジェラ・ブロックの〈ハイブリッド・ソング・ボックス4〉という、なんだか冗漫《じょうまん》な感じのエレキギターの音を出しながら、いろんな色の光を放つ四つの立方体の作品の展示にものすごくうけてけらけら笑っている女性のお客さんがいたのだが、それが展覧会の意図の一つを象徴しているような気がした。こちらユーモラスでございます、という顔はしていないのだが、そこはかとなく変で面白いのだ。わたしも友人も、このお客さんのように、作品ごとにぶっと笑ったり、家に飾りたいと思ったり、この絵はどういう状況なんだとか、なんでこんなタイトルなんだと思案したり、こんなやり方もあるのかと感心したりしてとても楽しんだ。

個人的に好きだったのは、集合住宅の住人それぞれが時間を過ごす様子の映像を覗くレアンドロ・エルリッヒの〈眺め〉、工場の全景をひんやりしたモノクロで描いたヴィルヘルム・サスナルの〈無題（工場）〉、タチアナ・トゥルーヴェの黒い紙にグラファイト鉛筆とアクリル絵の具で描いた〈残留磁気〉のシリーズなどで、友人と盛り上がったのは、ファラー・アタッシのモザイクで描かれた工場街のような〈作業場〉、インターネットから中東の紛争地域の画像を拾って違う風景のように加工するカーティス・マンの〈二つの試み（オリーブの収穫、パレスチナ）〉〈陸封された場所、検問所（無名の人とパレスチナ）〉、髪で局部を隠して落ち込んでいる様子のキュートなゴダイヴァ夫人が登場するジャン゠リュック・ヴェルナの一連の作品、そして、ポスターなどでも使用されているエルネスト・レトの〈私たちはあの時ちょうどここで立ち止まった〉である。雄《お》しべや雌《め》しべを連想させる形をしていて、スパイスが使用され、香りを放つため、花の中に頭を突っ込んだような気分にさせてくれるこの作品について、友人は、これは全部作家が作ったのか、注文を受けた職人さんが、先生またこんなもん作って……、とぶちぶち言いながら縫《ぬ》ったんか、などと思いながら観ていたらしい。

どこがどうとかもっともらしいことは言えないし、いちいちオホホと思う気持ちは名付けようもない種類のものなんだが、そういう未知の感興をかき立てられるのがとても楽しい。見慣れてもはや何も思わないもの、美しいもの、強く説得してくるもの、豪華なもの、性的に惹かれるもの、ショッキングなもの、悪趣味さで目を引こうとするもの、泣かせようとしてくるもの、笑わそうとしてくるもの、などなど、目にするものはいろいろなはたらきかけ方をしてくるのだが、そういう「知っている感じ」がなく新鮮か、もしくは、今まで言語化してこなかった感情を呼び起こしてくれる作品にたくさん出会うことができる。知らない気持ちに出会わせてくれるおもしろ展示にあなたもポンピＤＯ！（注：グッズは図録だけです）

## グルスキーが提案する、この世界のマニアな見方

アンドレアス・グルスキー展：国立国際美術館
〈平成26年2月1日（土）～5月11日（日）〉

何というタイトルかを表す表示板さえない、非常にストイックな写真だけの会場に面食らいながら、入り口のところでもらうリーフレットを引き引き観て回る。それでだいたい八作品ぐらい観たところで気が付くのである。自分の目は節穴だったんだなあと。

〈ベーリッツ〉という写真には、かなりショックを受けた。石のようなベージュ色の地に、黒い筋が無数に走っている。どこかの大きな遺跡に刻まれている溝に、ところどころ人がいるのかしら、などと思いながら近づく。しかし、黒い筋が、農作業で作物に被せるビニールであるのがわかると、うわあ、とのけぞる。その隣の、かごを作る無数の人々を上から写した〈ニャチャン〉もすごい。両方とも、何ら貴重な様子を写しているわけではなく、心地よささえ志向していない、人間の営みを写真にしたも

のなのだけれども、本当に、いつまでも眺めていたいと思うのである。ここで完全に、グルスキーさんのペースにはめられた感じがした。

目は、正確に、自由に見ることができるし、写真には、しかるべき構図で枠におさめると、どんなにありふれたものでも興味深いものとして見せる力がある。グルスキーさんの巨大な写真は、そのどちらをも満たしてくれるものであり、「密集している」とか「規則的に並んでいる」とか「過度にぐにゃぐにゃしている」とか「たくさんの要素が平行である」という、嗜好《しこう》に訴えかける、偏《かたよ》りとも言える要素によって、より特別なものと化している。グルスキーさん本人が、何かのマニアなのではないかとすら疑う。蓮の実とか大好きなんじゃないか？　ポスターなどに使われている荘厳な〈カミオカンデ〉なんかは、密集マニアからしたら至高の眺めであろうし、〈99セント〉も積み物好きのわたしにとっては、写真の前で住みたいわというぐらいの代物であった。嗜好を満たすことにとどまらないのは、〈カミオカンデ〉の右下に写っている、小舟に乗った人物や、〈99セント〉の、ものすごい秩序の中、一度手に取られた商品が元の棚に戻されていないのが散見される様子が象徴する現実の感触である。

特殊な施設である〈カミオカンデ〉や、マスゲームを写した〈ピョンヤンⅠ〉はまだしも、〈99セント〉や集合住宅を題材にした〈パリ、モンパルナス〉、無数の牛が過ごす牧場の様子である〈グリーリー〉などは、何も見る者に感銘を与えるために作られた状況や風景ではないし、証券取引所をテーマにした二作品、〈香港、上海銀行〉にいたっては、あけすけにお金を取り扱っている場所だけに、中に写っている無数の人々の心情にふれようとすると、何かうんざりさせるものさえある。しかし、それらがグルスキーさんによって作品として仕立てられると、本当に興味深い、人と自然の営みに見えてくる。

自然は時に感動的だが、人間の思い通りにはならず、金も物も人も、本来は不快なものなのだと思う。けれどもそこで生きていくしかないのだし、それをどのように捉えれば、生きて何かを見ることを興味深く思えるかということについてのヒントが、たくさんある展覧会だと思う。鉱夫の靴が天井から山ほど吊り下げられている〈ハム、東鉱山〉と、おそらくは高級な新品の靴ばかりが並んでいるのであろう〈プラダI〉が、どちらも写真としては甲乙つけがたいものに見えることに、それは顕著である。グルスキーさんの作品は、自然や人や物の文脈を取り去って、ただ「見る」という行為の楽しさ、心地好さを教えてくれる。ファミレスでこの原稿を書きながら、ふと前に建っているマンションのボーダーをおもしろいと思ったのだが、それでいいのかもしれない。見ることと見る対象があること。それが奇跡なのだ。

ちなみに音声ガイドは石丸幹二《いしまるかんじ》氏と渋い選択。もはや音声ガイドを俳優さんに頼むのは主流となりつつあるのか。グッズは図録、ポストカード、ポスターなど。

# 光の老人力

光の賛歌　印象派展：京都府京都文化博物館
〈平成26年3月11日（火）～5月11日（日）〉

ルノワールを観に行く展覧会と見せかけて、モネ祭りである。モネの若い頃から晩年の作品までを一望できる。シスレーの作品もたくさんあるので、映画『モネ・ゲーム』（モネとシスレーの作品が重要な役割を果たしていた）を好きな人、というか、主人公の学芸員向けのイベントでもある。かなりの盛況だった。老若男女カップルと二人連れのおじさんがなぜか異様に多かったことは謎だが。会場は、四階から三階に下る順路になっている。

二月のこの欄で取り上げたターナーが、最初のあたりで二点観られるのだが、やっぱり海景画で、どんだけ船好きやねん、と思いながら進んでいくと、シスレーの穏やかでかっちりした、人柄の良さそうな風景画の数々、マネの〈アルジャントゥイユ〉、ルノワールの〈ブーシヴァルのダンス〉などが現れる。マネの絵の意味深さ、ルノワールの柔らかさ、鮮やかさ、上手さ、私はおなごが好きだ感が高次に融合した様子は、さすがに安定していて、印象派を観てきましたという気分にさせる。

そして三階に降りると、そこはモネ祭りである。いや、ピサロの生真面目な感じも良いし、カイユボットの風景画の人物画とはまったく違った無難さに驚いたりもするのだが、基本は、あのモネこのモネとモネ放題である。すごいモネ、いつものモネ、まあまあなモネと、鑑賞者それぞれにいろいろなモネがあると思われるのだが、モネが一八四〇年と非常に計算しやすい年の生まれなので、このまあまあなモネはいくつの時のモネかな？　三十六歳か、若いな、などとモネの年齢を考えながら観るとおもしろかった。二十九歳のモネが描いた、輪郭のはっきりした絵の、さすがにちゃんと見えてるんだなという感心と、密かながっかり感は興味深い。若いモネが影響を受けたとされる、ウジェーヌ・ブーダンの美しい浜辺の風景画も含めて、モネの絵が年を経るにつれて、わたしたちがよく知っているモネへと変化していく様が見渡せる構成だと思う。〈睡蓮〉と〈日本の橋〉の近くには、睡蓮の池のほとりで絵を描いているモネのフィルムまで放映している。やはりモネヲタ必見の展覧会であると言えよう。

これはいくつの時のモネの作品か、ということを念頭に置いて観てゆくと、モネはお年寄りになるにつれふわっとしていくという当たり前のことが、改めて重要なことだと思えてくる。老人力を発揮しているのである。光の賛歌ならぬ、光の老人力という言葉が浮かぶ。

モネが白内障を患っていたのは有名な話だと思われるが、何もわかっていない自分がすごい暴論を吐くのを承知で言うと、モネは、目が悪くなっていくのと反比例して、自分の絵の真髄に近付いていったのではないか。次々に現れるモネの絵を眺めながら、目がいいことは正しいことなのか？ と愚問のようなことを考えた。おそらく、生物としては正しい。けれども、目の悪いわたしは、死んだ害虫などをゴミ箱に捨てる際に、わざとメガネを外して処分したりする。そうすると細部がわからず、あまりうげえと思わずにすんだりする。いきなり虫の話とかすんなという感じだったら、たとえば、夜の風景でもいい。メガネをせずに夜の道路を眺めると、あらゆるものが輝いて見える。しかしメガネを装着して風景を見ると、そこはただの信号と自動車と道路があるだけだ。

ある力を失うこともまた、個性につながっているのではないか。モネの場合は、それがとんでもない領域に達して、同じ対象を描きながらもすべてが違う印象を放ち、どの位置から見ても異なる光が見えるという、魔法のような絵を描くに至った。

グッズは、紅茶二種、チケットホルダー二種、中綴じノート二種、クリアファイル三種、トートバッグ二種、ミラー二種、パレット型メモ二種など健闘しているが、神戸市立博物館の爆発的商売っけにはとてもかなわない感じがする。あっちが異常なのか。

# V　ソチとブラジル、その鑑賞と苦悩

## ソチ五輪感想

モーグルとスキージャンプを熱心に観た。モーグル女子は、上位が期待された伊《い》藤《とう》みき選手の怪我、予選を勝ち抜けた村田《むらた》選手もまた練習で負傷と、満身創痍《まんしんそうい》の日本代表を背に、上村《うえむら》選手が滑った。結果は4位と、彼女の念願のメダルには届かなかったけれども、本当にすばらしい、攻めの滑りだった。疑惑の判定と騒がれたハナ・カーニーも、とても好きな選手なので残念なのだが、このことで興味を持たれた方は、ぜひモーグルのワールドカップで、彼女たちがどれほどの選手なのかを観続けていただきたい。わたしたちにできることは、上村さんという名選手をずっと覚えていて語り継ぐことだ。男子の優勝者アレックス・ビロドーの決勝の滑りはすごかった。今でも録画を何回も観ている。五輪を連覇したものの、今年で引退だそうで寂しいのだが、準優勝のキングズベリーを始め、他の選手の更なる成長に期待する。

スキージャンプ女子は、あの上位三人を誰が予想できただろうか。経験したことがないほどのプレッシャーが掛かる高梨《たかなし》選手には、厳しい追い風も吹いてしまった。伊藤有希《ゆうき》選手と抱き合う姿が印象に残った。二人も山田《やまだ》選手も、何もかもこれからなんだろう。男子は、実は去年の世界選手権でノーマル3位、ラージ2位の好成績を残して、オフにジャンプとは一見関係のない顎の手術をして戻ってきたスロベニアのプレフツがどこまでやれるのかに注目していたのだが（成績を下げるのは勿論、横ばいでも「手術したのに」と言われるので更に順位を上げるしかない）、そんなことは吹き飛ぶほど、葛西《かさい》選手が活躍した。団体では、個人で結果が残せず後がない強豪のドイツとオーストリアは強かったが、葛西選手が長いキャリアで培ってきた落ち着き、清水《しみず》選手の度胸、怪我や病気で決して本調子とはいえなかった伊東《いとう》・竹内《たけうち》両選手の忍耐が結実した日本の銅メダルは感動的だった。葛西選手の涙が、その大きな価値を物語っているような気がした。オーストリア一強の時期が続き、ディートハルトという怪物的な新鋭も出てくる中、ノーマル、ラージ優勝のストフ擁《よう》するポーランドを始め、競技に関わる全員が諦めなかったことが、今の試合の面白さの源となっているのだろう。すべての選手に拍手を送りたい。ちなみにプレフツは、ノーマルは2位と順位を上げたものの、ラージは3位と図らずも帳尻を合わせた形になった。女子も男子も、これからもたくさんの楽しみがある競技だと思う。

# 澱まない世界

二〇〇六年のドイツW杯からサッカーを観るようになった。日本はグループリーグで敗退してしまったが、当代最高の選手といえるリオネル・メッシやクリスチアーノ・ロナウドがW杯という舞台に初めて現れた大会であり、このW杯で引退するというジネディーヌ・ジダン擁するフランスが、苦戦しながらも決勝まで勝ち上がり、しかしそのジダンが、対戦していたイタリアのDFマテラッツィの挑発を堪《こら》えきれず、自らの頭突きで退場し、そのままフランスはPK戦で負けるという異様な幕引きで終わった大会でもあった。明け方に試合を見守りながら、なんだこれは、と思ったのである。いろいろな物語に親しみ、出来事を見聞きしてきたけれども、こんな成り行きには触れたことがない。それ以来、サッカーを観ている。二〇〇六年に優勝したイタリアは、二年後のユーロ２００８では準々決勝で敗れ、その時にイタリアを下したスペインは大会に優勝し、二〇一〇年南アフリカW杯、ユーロ2012とスペインの覇権が続いている。

そして今度の二〇一四年ブラジルW杯の初戦で、そのスペインは5－1というものすごい点差でオランダに負け、その後チリにも負けて敗退した。二〇一三年のコンフエデレーションズカップでは準優勝に終わったスペインだが、とはいえ、大会二日目にして、ほとんど事件とも言っていいぐらいの出来事が起こったのだった。コンフェデ杯でスペインに勝って優勝したブラジルもまた、開幕戦はオウンゴールで失点するなど、何か盤石《ばんじゃく》でないものを見せている。この文章が掲載される次の日に、ようやくグループリーグが終了するのだが、どんなことになっているのかどうも予想がつかない。

ドイツW杯の驚くべき結末にひきずられるようにサッカーの動向を観ているうちに、自分の中に文脈ができてきて、あれはああだったのに今はこうか！　というようなことで、一時的にニュースに触れる以上に驚くようになった。もちろん、今まで観てなかったからそんなことできないんだけど、という人も、いくつか応援するチームを作って、彼らがどのように戦っていくかを大会の中で継続して観ていくと、何かしらの発見があると思う。W杯というのは本当によくできた、そして巨大な、一ヵ月分のエネルギーを注ぎ込むに足るイベントなのである。

スペインのいきなりの惨敗を目撃して、ちょっと呆然としながらも、サッカーという競技の澱《よど》まなさに改めて感心した。ある種の堅い試合展開というのはあるし、一時的に強いチームも確かに存在するが、その裏には常に、宿命のような変化への欲求を孕んでいる。一人のスター選手だけでは勝てず、だからといって何人揃えたとしても、その上で、どれだけ完璧に見える戦術を駆使したとしても、研究され尽くし、綻《ほころ》び衰えてやがてひとつの王朝が終わりを迎える。何か自分の生活に退屈するところがあったり、大きなものが動く姿が見たいと思うのであれば、サッカーを観れば良いと思う。驚きは保証する。

# エニシング・ゴーズ

疲れた。やっと終わった。物事の密度でいうと一年は過ぎたような気がするのだけれども、まだ一ヵ月である。いろいろなことがあった。もはや、ウルグアイ代表が税関でミルクジャム39キロを没収されたなどというニュースは記憶の彼方である。39キロて。

前半は、スペインの退場／終焉《しゅうえん》に失神しそうになり、代表が出場してくれた国の人としてそわそわした日々を過ごし、傍らでウルグアイのスアレスが良くも悪くも暴れ、さらにその傍らをコスタリカが全力で駆け抜けていくという、通常なのか異常なのかよくわからない事態が相次いだ。おまえは本当にD組ばかり気にしていたんだなというと、まあその通りである。正座して動向を見守るしかない日本のC組と、「これがサッカーか……」という浮沈を無駄にありありと見せつけた古豪居並ぶD組。

ラウンド16は、名作選のような試合が多く、正直ここで終わってくれたら、疲れたと言わずに楽しかったと言えたと思う。チリやアルジェリアなど「負けない」ということが一つの芸になったチームの姿は感動的だった。しかし、そこからは事件の連続である。初戦のオウンゴールでの失点から、ブラジルには嫌な予感がしていたのだが、準決勝でここまで崩れるとは考えたこともなかった。「ミュラー　大根　ＦＫ」「ミュラー　バカボンパパ　似ている」などと検索している場合ではなかった。

もう大会の魔物もやりつくした感もあったのか、決勝戦はものすごくまともな試合だった。立ちはだかるノイアーはジュンク堂の棚の如《ごと》し、まるでこけしだが試合を決めたゲッツェ、ただひたすらにマスケラーノ、そして試合後、横に並んで宙を睨《にら》みつけるアルゼンチン代表。きっと誰一人、それでもよくやったなんて思っていないのだろう。

いろいろなことがあった。大きく歴史が変わった大会だと思う。選手も観客も、誰一人始まる前と同じではいられない。地球規模のうねりに飲み込まれて、無造作に放り出されたような一ヵ月が終わった。どうかまた四年後に。

# 三人の監督

先日のブラジルW杯では、驚くような敗北が二つあった。一つは、グループリーグで敗退した前回優勝国のスペインと、二つ目は、準決勝で優勝国ドイツに7－1で敗れた開催国ブラジルである。そりゃまあ、スポーツを観ていたら、痛ましい負けというのはときどき目にするのだが、個人的に興味深かったのは、スペインの監督であるビセンテ・デル・ボスケと、ブラジルの監督であるルイス・フェリペ・スコラリが、共にW杯の優勝経験を持つ、歴史に残る勝者であるということだ。監督として、究極の勝ちを手にした後、衆目の中であそこまで負けるというのは、とても神話的なことである。それがテレビの中でとはいえ目の前で、堂々と展開されていることが不思議だった。失敗したとかサイクルが終わったという以前に、その最後までを見せるということがすごいと思ったのだ。

その逆に、負けをほとんど経験しない人もいる。スポーツなどをやらずに生きていて、テストの点数以外では、目に見える勝ち負けを知らない人もいるだろう。そんなあいまいな地点で、実は人は、勝ちたい欲求を持て余しているように思える。だから、どちらでもいいようなことで勝者を名乗り敗者を作り出す。しかし、スコラリやデル・ボスケの、あまりにも壮大な勝ちと負けを見ると、本当にそんなことがどうでもよくなる。

勝敗を越えた人生の流転《るてん》を見せた、コロンビアの監督のホセ・ペケルマンのような人もいる。わたしは、ドイツW杯でアルゼンチン代表を指揮するペケルマンが、ドイツにPKの末準々決勝で敗れ、アルゼンチン国民の失望を買ってぼろぼろになってやめていったことを覚えている。そして今回、ペケルマンはコロンビアを指揮し、同じくベスト8に終わったが、コロンビアでは大統領選挙の投票用紙に勝手に名前が書かれるような存在になった。

スコラリは退任し、デル・ボスケは続投する。デル・ボスケは怖くないのか。何があっても受け入れるのか。物語はまだ続く。

# 吾輩はフリーランスである。二度寝の機会はまだない

『やりたいことは二度寝だけ』というエッセイ集の出版から、三年弱が過ぎた。当時、「タイトルに入っているのに二度寝のことが書かれていない」というつっこみを各方面からいただいたので、今回のあとがきはさすがに二度寝のことを書こうと思う。会社を辞め、それでわたしは二度寝ができるようになったのだろうか？　……できておりません。このふがいない報告のみである。

会社員だった頃は、仕事の時間が自由なフリーランスに夢を抱いていた。わたし、会社を辞めたら、週に三回はジムに通うんだ、自炊だってして健康な食事に切り替えるんだ、部屋ももちろんきれいに片づける、ときどきは、二度寝もしちゃえるかな……、などと思っていた。青かった。すべての見通しが甘かったとしか言いようがない。わたしは、自由な時間さえ増えれば、自分のクズを治せると思っていたのだが、

クズはどの器に入れてもクズである。無理な相談だったのだ。自由な時間が増えても、わたしがクズであることに変わりはない。この三年で何か変化はありましたか？と訊かれると、「時間を有効に使えるようになったので、容易に時間が潰せるようになりました」ではなくて、「時間が余っておろおろしているうちに、二度寝ができるようになりました」、と、言いたいところなのだが、それはそれでまぬけな答えになる。いやあの、フリーランスになったのは二〇一二年の六月の終わりのことで、サッカーはシーズンが終わり、楽しみにしていた七月のツール・ド・フランスは、近年稀《まれ》に見る堅いノースリルな展開だったから、他に楽しみを見つける以外なかったんです……、と言っても、そんな細かい言い訳がどこまで通じるというのか。

みなさん、となぜかいきなり呼びかける口調になって申し訳ないのだが、みなさん、海外ドラマとスポーツは並行して消費するものではありません、海外ドラマは湯水のように押し寄せ、充実の一途を辿るスポーツ番組と共に、あなたのレコーダーを侵蝕します。気が付いたら、ハードディスクの残量は日常的に五時間を切り、レコーダー∨自分という納得のいかない力関係に屈伏することになります。「今日はレコーダー空けなあかんから、早めに帰って消化せんとあかんわ」なんて、本当にバカって感じの物言いじゃないですか。機械の奴隷になっている。視力も気持ち悪くなったような気がする。

　そういう三年間だった。会社を辞め、年金も健康保険も自分で負担しなければならなくなり、日本人は真っ暗な部屋で何もせずに過ごしていたって、一ヵ月に三万ぐらいお金がいるんだ、ということだけを学んだ。どういう時間の使い方をしたら二度寝ができるのかは、まだわからない。一度は近付いてきたかのように思えた二度寝が、わたしのスケジューリングの甘さ、仕事の遅さ、レコーダーの奴隷としての義務により、この手からするりと逃げてゆく。二度寝とはまったく、遠きにありて想うものなのである。

# 文庫版あとがき

体力は落ちてきたし、気力はもともとないし、要領が悪いのでやってもやっても仕事が残っていてがっかりすることが多い昨今なのだけれども、どうも自分が順調に中年になっている様子であることが拠《よ》り所だ。十代の頃、自分が年をとること、中年になることがまったく想像できず、もしかしたら自分はこのままいろんなことの好みを変えられず、おばさんになっても二十歳そこそこのバンドとかを切実な思いでチェックし続けているのか、と不安になったりもしたのだが、すっかり『科捜研《かそうけん》の女』の再放送の録画を見るのが毎日の楽しみというわりと幸せな中年になった。今も、好きな音楽をチェックしている時にすごく若いバンドに行き当たったりもするけれども、あまり自分の自我と一緒くたに考えたりはせず、この年の人はこう言ったりこう振る舞ったりするのだ、と分けて考えるようになった。要するに、自分が若さの当事者でないことが完全に自明のことになってきたわけだけれども、三十代中盤ぐらいまではまだわだかまっていた若さの産業廃棄物のようなものが、四十代に入って一掃されてすっきりしたような感じがする。

本書の中でわたしは、「いい年」という言葉に恐れを感じていて、今もまったく同じ言葉こそ使わないのだが、ときどき自分から「いやもう年なんで」と言うようになった。自分自身に対しても、「もう年だしな」と諫《いさ》めたり諦《あきら》めさせたりするようになった。「そうか年かあ」と自分で納得できる人間になれるとは若い頃思っていなかったのだが、どうやら自然になっていたようだ。

中年になるのはそんなに悪くなかったけれども、一方でいろんなことが当たり前になってくる厳しさも感じる。たとえば、同年代の人々に敷衍《ふえん》できるように言うと、仕事のことは知っていて当たり前だし、世間で偶発的に起こる気に入らないことを受容できて当たり前だ。もううまく仕事をしてもそんなに誉《ほ》めてはもらえないし、いちいちあれに義憤を感じるのだと怒っていても聞いてもらえないこともある。自分を中年だと思うようになって初めて経験する局面でもあると言える。

そういう時に感じる疲弊《ひへい》や落ち込みを『科捜研の女』を観て解消する。自分の周囲のプラス三歳までの同年代の女性がほぼ全員と言っていいぐらい『科捜研の女』を熱心に観ているので、あのドラマで大いに安心するようになると中年なのだと勝手に思いこんでいたのだが、一世代ぐらい年上の女性が「観たことないよ」と言っていたので、わたしたちの世代特有の現象なのかもしれない。何にしろ友人たちは皆マリコさんに感謝している。

二度寝は、休みの日にはできるようになったけれども、平日はまだ難しい。「この作業状況なら別にもう一回寝てもいい」という日にも、起き出して何やかんやして、失念していた仕事を掘り出して呆然《ぼうぜん》としている。四十歳を過ぎてもうかつさは変わらない。いろいろな人に申し訳ない。

# 解説「ンガハーヘヨ。世界の面白がりかたが増えていくよ」

鳥澤 光（ライター）

タイトルの通り、二度寝に憧れる小説家のエッセイである。『やりたいことは二度寝だけ』に続くシリーズ第二弾である（が、こちらから読み始めても一ミリも置いていかれません）。私は二度寝が好きで、小説もエッセイも好きで、とりわけ津村記久子さんの書かれるものが好きなので、この本は単行本で何度も読んで（少しばかりフヨフヨになって）いる。あちこち貼られた付箋《ふせん》は装幀に合わせたピンク色だ。

ところでここでは津村記久子さんのことをなんと呼ぶべきなんだろう。作家さんの名前というのは商標のようなものでもあると考えると、フルネームかつ敬称略という形が適切だということになるのかもしれないけれど、私にとって津村さんは、なんといっても「津村さん」だ。まれに「ツムラさん」になり、ごくごくまれに「キクっちゃーん！」（歓呼）と呼びたくなる衝動もあったりするけれど、おおむね「津村さん」ということで安定している。お会いしたことはなく文字だけの関係だというのに。小説の中にさらわれるようにひき込まれて、その世界の中で暮らしたかのような経験を何度もしているせいだろうか。勝手に近しい存在として感知してしまったのか。しかしそれは馴《な》れ馴れしくて失礼なことではないだろうか。グルグルグラグラ考え続けたけど、なにしろ津村さんは「津村さん」で、津村さんを思うときに左斜め上にポワワンと浮かぶのは、あるとき、というか『やりたいことは二度寝だけ』を読んだときから、その本とこの本の装画を手がける、漫画家の木下晋也さんが描いた似顔絵になった。

津村さんは《「道訊かれ顔」業界における》老舗にして、《妙齢以降の女性限定の「話しかけられ顔」》の、自称《気安い顔》であるのだという（ポワワン）。そんな、庶民派とも謳《うた》われる津村さんが書くエッセイ集は、布団讃歌からスタートし、キッチンタイマーを「友」として「先生」として紹介もする。地下鉄に故郷を感じ、メガネの威力を信頼し、いろいろそわそわし、海外のサッカーとドラマに人付き合いの秘技を見る。ああでもなくこうでもない物事について考えに考え、風通しや風向きを変える言葉の効用を吟味する。名言を歯医者で噛《か》み締めたりもする（口は開いているはず）。展覧会に行けばミュージアムショップでグッズをくまなくチェックし、文房具を愛し、ノートなら時々作る。花見に入れあげ、動物を尊敬してやむことなく、ゲラダヒヒ（猿）が仲間にかける《ンガハーヘヨ》という鳴き声に憧れる。フラットに、日常にまつわる小さな違和感やもどかしさをじっと見つめて離さない。

就職活動や仕事について、子供が抱えさせられてしまう孤独や、人と人とのつながりについて津村さんが書くとき、その言葉はどこまでもフェアであり、どうしてこんなに優しいのだろうか、そんなにも受け止めることで津村さんが傷つきはすまいかと、読んでいて時折うろたえるほどだ。自分の悩みなんてちっぽけなもんさ、と振り切らせてくれるような読書ももちろんありがたく有益なのだが、こんな風に、津村さんのように、観察力も細やかな思考ももったいぶらずじゃんじゃん使って、そのエネルギーで進むべき道を照らしてくれるような、こんな大人が近くにいてほしい。そう願っている幼い日の私を、自分の中に発見する。大きくなった今も思う、思って、この本をおすすめしたい友人や家族の顔を次々に思い浮かべる。そして、知人だけでも大人だけでもなく、中学生や高校生にも、専門学校生や大学生にも大学院生にも、働く人にも働いていない人にも、言葉どおりの意味での老若男女に読まれることを望む。

この本にまとめられたエッセイは、「となりの乗客」というタイトルで今も連載が続いている朝日新聞をはじめ、いくつかの新聞や文芸誌、情報誌などに寄せられたものだ。短いものだと二ページ、長いものでも十ページくらい。ポコンと生まれた空き時間にも、湯船に浸《つ》かって長い時間を過ごすのにも付き合ってくれる。どこから読んでもいいし、途中でやめてもいいし、繰り返し読んでもいいという自由で優しい本だ。執筆期間は二〇一〇～二〇一四年だから、津村さんが会社を辞めて専業作家に変身した、ちょうどその時期に書かれたものも収められている。「Everyday I Write A Book」（『カソウスキの行方』所収）という小説に登場するオサダのように、昼に仕事をしながら夜は家で小説を書き、『八番筋カウンシル』のタケヤスや「我が家の危機管理」（『ポースケ』所収）の匠さんのように、新人賞を受賞して作家デビューした津村さん。《「内臓をきれいにしたいんです」という置き手紙を残して、すべての仕事から逃げたいこともある》と綴りながら、それでもやっぱり《「働くこと」は（略）自尊心と金銭を同時に得られる数少ない手段なのだ》と、働くことをすすめる津村さん。エッセイの中では、津村さんの小説にはあまり登場しない「わたし」に、登場人物たちの横顔や後ろ姿によく似た作者自身に出会えてしまう嬉しさがある。そして、あの小説の種はここに埋まっている？　この点が繋がって線になってあの場面が生まれるのか！　と存分に興奮もする。現実を仔細《しさい》に見聞したうえでそこに手を入れ言葉

家の頭の中はこんなことになっているの!?　という驚きは温かくてどうにも心地がいい。小説を磨《みが》いて創作を進めていく、小説家の手つきがほんのり垣間見えるのも楽しい。小説

エッセイと小説のからまりや重なりは、たとえば音楽。春の嵐とともに上京して雨風に行く手を阻《はば》まれつつもフェスに赴き、なじみのバンドの演奏を聴いて湧き上がる、《彼らは、自分たちがどう救われて来たかをよく覚えている。音楽がどうやって人を救って来たかがよくわかっている。痛みを明るく軽く弾けるような表現に、瞬時に異化できるものは音楽だけ》だ、と言葉にして伝えられる津村さんの実感は、『ミュージック・ブレス・ユー!!』で、《音楽こそはその際《きわ》に立ち続けていれば世界が吹き込んでくる窓だ》と信じる高校生アザミの、音楽を信頼する姿勢に繋がっている。そしてその信頼は、ファウンテンズ・オブ・ウェインの「ヘイ・ジュリー」で歌われている、疲れきった男の気持ちが《すごくわかるような気がする》と語る、『君は永遠にそいつらより若い』の語り手であるホリガイさんの感触とどうしたって不可分だ。

たとえば紙。勤め先で生まれ続ける裏紙をひきだしに溜《た》め、《わたしがいなくなってしまったら、この裏紙たちはいったいどうなってしまうのか》と心配しながら、その使い道を詳細に教えてくれる「裏紙と人」は七ページの短いエッセイだが、メモ用

紙から、あぶらとり紙（！）、オブジェクト（？）まで、さまざまに使い道を模索する津村さんのアグレッシブさに、頭の中がひとときに真っ白になる。衝撃の波に揺らされた頭に酸素を送り込みながら、しかし裏紙で作られたメモ用紙こそは、津村さんの作品のファンとしては、足を向けて寝ることができないほどの偉大な存在であることを思い出す。だって津村さんの小説と随筆のすべては、ここから生まれて私たちの元に届けられる。《とりあえず裏紙のメモ用紙を使わずには、小説を書いたことも随筆を書いたことも一度もない》と津村さんは断言しているのだし。貴賤を問わず、とにかくどこまでも紙が好きな津村さんは、だからこそ『アレグリアとは仕事はできない』で複合機に憤ることができる。「ポスターの人」という新しい仕事を作り出せるのも、展覧会のチケットにロータリーカッターでミシン目を入れていく手の動きを仔細に描写できるのも、ひとえにひたすらな紙愛ゆえだろう。傑作お仕事小説『この世にたやすい仕事はない』を読み返すたび、つくづくそう思うのだった。

からま率の高さでは「家に帰りたい」という願いを外すわけにはいくまい。《家にいても、家に帰りたいなあなどと考えている》というほどの、アクロバティックなまでの津村さんの「帰りたさ」は、やっぱり小説の登場人物にも手渡されている。その願いが印象的な言葉のつながりに姿を変え、作品タイトルへと昇華された『とにかくうちに帰ります』ならばどうだろう。小説の内側で、豪雨に見舞われ帰宅困難に陥りそうになりながら、登場人物たちは《どうしてもうちに帰りたいんです》と激白する。オフィスに残り帰らないことを選んだ同僚を思い出し、《家に帰る以上の価値のあるものがこの世にあるのか》と訝《いぶか》しみながらも吐露される《うちに帰りたい。切ないぐらいに、恋をするように、うちに帰りたい》という願い。それは雨を止ませることはないけれど、読み手の心をグラグラ揺り動かして、分厚い雨雲の間にひととき差し込まれる淡い陽光を頬に感じるような、不思議な恍惚感さえもたらす。津村さんの近くに常に漂っている（であろう）この「帰りたさ」がひらりと翻って、《うちに一緒に帰る？》と、声にならない声が繰り返されるのは、「我が家の危機管理」。『ポースケ』に収められたこの小説の登場人物の、締め上げられるような胸の苦しみにもまた、津村さんの想いが滲《にじ》んでいるように感じられて、きっとずっと忘れることができない。

こんな風にして、津村さんが書くエッセイと小説はどこまでも精妙に軽妙にからまりあって網を貼る。読者はその網の上を、自由に、勝手に、行き来する。楽しい。エッセイを読みながらケケケと笑ったり、身の置きどころを少しずらせばいいと気づかされたり、新しい視点に安心をもらったりする。その嬉しさが、エッセイだけでなく小説を読む時間にまで伸びてきて境界線のようなものをじんわり溶かし、本を読む楽しみをさらに増幅してくれるのだった。

＊

二〇〇五年五月に「マンイーター」と題され、後に『君は永遠にそいつらより若い』に改題される長篇で太宰治賞を受賞し作家デビューを果たしたあと、『ミュージック・ブレス・ユー!!』で野間文芸新人賞、『ポトスライムの舟』で芥川賞、『ワーカーズ・ダイジェスト』で織田作之助賞、と数々の文学賞を受賞しながら、津村さんの会社勤めは二〇一二年の六月まで続いた。七年間にわたった兼業作家としての生活に区切りをつけ、いよいよ夢の二度寝生活に突入か？　と思いきや、どうしてどうして津村さんは《どういう時間の使い方をしたら二度寝ができるのかは、まだわからない》のだという。《一度は近付いてきたかのように思えた二度寝が（略）この手からするりと逃げてゆく。二度寝とはまったく、遠きにありて想うものなのである》とはこの本のあとがきから。三冊目が出る頃には二度寝といわず、三度寝さえも叶っていますように。『二度寝とは、遠くにありて想うもの』を読んでは《ンガハーヘヨ》と慰められている一人の読者として祈っています。

●本書は二〇一五年四月に、小社より刊行されました。
文庫化にあたり、一部を加筆・修正しました。

|著者|津村記久子　1978年大阪府生まれ。大谷大学文学部国際文化学科卒業。2005年『マンイーター』(『君は永遠にそいつらより若い』に改題、ちくま文庫)で第21回太宰治賞を受賞し作家デビュー。'08年『ミュージック・ブレス・ユー!!』(角川文庫)で第30回野間文芸新人賞、'09年『ポトスライムの舟』(講談社文庫)で第140回芥川賞、'11年『ワーカーズ・ダイジェスト』(集英社文庫)で第28回織田作之助賞、'13年「給水塔と亀」で第39回川端康成文学賞、'16年『この世にたやすい仕事はない』(新潮文庫)で芸術選奨文部科学大臣新人賞を受賞。著書に、『ディス・イズ・ザ・デイ』(朝日新聞出版)、『ポースケ』(中公文庫)、『ウエストウイング』(朝日文庫)、『エヴリシング・フロウズ』(文春文庫)、『とにかくうちに帰ります』(新潮文庫)、『浮遊霊ブラジル』(文藝春秋)、『カソウスキの行方』『やりたいことは二度寝だけ』(ともに講談社文庫)など多数。

二度寝《にどね》とは、遠《とお》くにありて想《おも》うもの
津村記久子《つむらきくこ》

2019年3月15日第1刷発行
2019年10月9日第2刷発行

発行者——渡瀬昌彦
発行所——株式会社　講談社
東京都文京区音羽2-12-21　〒112-8001
電話　出版　(03) 5395-3510
　　　販売　(03) 5395-5817
　　　業務　(03) 5395-3615

Printed in Japan

講談社文庫
定価はカバーに
表示してあります

デザイン—菊地信義
本文データ制作—講談社デジタル製作
印刷———豊国印刷株式会社
製本———株式会社国宝社



ISBN978-4-06-514988-1

# 講談社文庫刊行の辞

二十一世紀の到来を目睫に望みながら、われわれはいま、人類史上かつて例を見ない巨大な転換期をむかえようとしている。

世界も、日本も、激動の予兆に対する期待とおののきを内に蔵して、未知の時代に歩み入ろうとしている。このときにあたり、創業の人野間清治の「ナショナル・エデュケイター」への志を現代に甦らせようと意図して、われわれはここに古今の文芸作品はいうまでもなく、ひろく人文・社会・自然の諸科学から東西の名著を網羅する、新しい綜合文庫の発刊を決意した。

激動の転換期はまた断絶の時代である。われわれは戦後二十五年間の出版文化のありかたへの深い反省をこめて、この断絶の時代にあえて人間的な持続を求めようとする。いたずらに浮薄な商業主義のあだ花を追い求めることなく、長期にわたって良書に生命をあたえようとつとめるところにしか、今後の出版文化の真の繁栄はあり得ないと信じるからである。

同時にわれわれはこの綜合文庫の刊行を通じて、人文・社会・自然の諸科学が、結局人間の学にほかならないことを立証しようと願っている。かつて知識とは、「汝自身を知る」ことにつきていた。現代社会の瑣末な情報の氾濫のなかから、力強い知識の源泉を掘り起し、技術文明のただなかに、生きた人間の姿を復活させること。それこそわれわれの切なる希求である。

われわれは権威に盲従せず、俗流に媚びることなく、渾然一体となって日本の「草の根」をかたちづくる若く新しい世代の人々に、心をこめてこの新しい綜合文庫をおくり届けたい。それは知識の泉であるとともに感受性のふるさとであり、もっとも有機的に組織され、社会に開かれた万人のための大学をめざしている。大方の支援と協力を衷心より切望してやまない。

一九七一年七月

野間省一